*Novelle d'ambo i sessi*

Alfredo Panzini

Texte et illustration de couverture : © domaine public
Edition : Culturea (Hérault, 34)
Contact : infos@culturea.fr
Retrouvez notre catalogue sur http://culturea.fr
Imprimé en Allemagne par Books on Demand
Design typographique : Derek Murphy
Layout : Reedsy (https://reedsy.com/)

Dépôt légal : janvier 2023
Tous droits réservés pour tous pays

ISBN : 9791041841301

# Novelle d'ambo i sessi

# Alfredo Panzini

**A EMILIO TREVES.**

Gentilissimo signor Emilio, non è mia la colpa se vedo ancora la di lei imagine davanti a me; e conceda che io la chiami ancora così, signor Emilio, come del resto tutti la chiamavano nello Stabilimento; chè ella diceva che il titolo di commendatore le serviva soltanto per quando andava all'albergo.

Ella non può credere lo stupore che mi colse quel pomeriggio del 30 gennaio 1916, quando nel cortile della sua casa di via Brera, n. 21, vidi la piccola bara che racchiudeva il grande editore.

Era tutta coperta di viole.

Ella, nella vivacità del suo spirito, pure a ottantadue anni, tante cose disegnava per il domani; fuor che la morte. Ed essa è venuta! Ma può darsi anche che la morte sia una cosa che riguardi gli interessi privati della natura, non noi; ed è per questa supposizione - chi ne sa nulla? - che mi par di ragionare con lei, come se lei fosse ancora in vita. Ed ecco, veda, che mi pare di sentire la sua parola che ripete:

«Voi fate sempre troppa filosofia». Eppure, signor Emilio, la filosofia è, per ogni setta di filosofi, niente altro che la ricerca di Dio.

«Sì, ma voi credete che al pubblico questa cosa interessi?» E rideva.

Chi può dimenticare i suoi formidabili scoppi di amabile scetticismo che non ammettevano rèplica?

Proseguiamo allora. Dunque attorno alla sua bara c'erano tutti quelli della sua Casa in sincera afflizione. E gli operai, idem; perchè essi sapevano che lei era stato un grande lavoratore. Poi c'era tutta la letteratura, quella combattente.

C'erano i suoi autori, c'erano gli autori degli altri, c'erano tutti gli editori, perchè tutti le volevano bene, anche quelli che dicevano male di lei. Non mi sembra che ci fossero rappresentanze della letteratura d'archivio, forse perchè lei diceva che era l'editore dei vivi, e non dei morti.

Comunque, il funerale si svolse per le vie che conducono al Monumentale, assai composto, come tutti i grandi funerali a Milano; eppure a me pareva che pel corteo si diffondesse come un'onda di bohème. Chi sa perchè? forse perchè rivedevo la sua giovanile, irrequieta letizia ogni qual volta le pareva di scoprire in un manoscritto le cellule vitali dell'arte? o forse perchè presso di me camminava quell'errabonda Sibilla; e più avanti, sopra la gente, la testa di Raffaello Barbiera, argèntea, chiomata, mi ricordava gli ultimi romantici? o fors'anche per quella bara, in quel pomeriggio cinereo, coperta del dolce fiore della giovinezza? o fors'anche per un'insurrezione di fantasmi: Serra, giovane, morto combattente, Slataper, giovane, morto combattente, D'Annunzio lungi, nel combattimento?

I nostri cavalieri d'Italia, signor Emilio; i nostri gentiluomini, sono essi sorti da questa, o negletta o oltraggiata, modesta borghesia italiana!

Ahimè, signor Emilio, le varie nostre plebi (e non d'Italia soltanto) hanno succhiato troppo latte alle molteplici mammelle del materialismo teutonico per potere sperare piena vittoria!

E si ricorda, signor Emilio, quel giorno, nel suo studio così ben riscaldato (l'Italia non era ancor entrata nel conflitto), che ella mi additava la Revue des Deux Mondes, ove erano elencate per documento le prime atrocità teutoniche?

Il suo volto esprimeva - non so bene - se più terrore o stupore. Ricordo che io sorrisi. Effetto di buona filosofia, signor Emilio! Sostanzialmente lei stupiva come nel mondo potessero convivere tutti gli aggeggi del comfort e dell'elettricità - di cui era ricco il salotto - con sìmili orrori.

Sorrisi, perchè io mai riposi la mia fede nel comfort e nell'elettricità. Che cosa è la scienza, da sola? Anche atrocità.

Ma poi la sua innata serenità riprese il sopravvento, dicendo: «Torniamo ancora a lavorare».

Ebbene, torniamo ancora a lavorare, signor Emilio. Ora la sua Casa continua a lavorare, io continuo a lavorare, come ne è prova questo volume. Il quale mi piace intitolare al suo nome, sciogliendo così un vecchio obbligo di riconoscenza; non per le percentuali, ma, sinceramente, perchè devo a lei e ai suoi conforti se io fra tanti silenzi e commiati, e per tanti anni, ebbi fede in questo genere di lavoro che si fa con la penna e con l'inchiostro. Nel qual genere di lavoro a me sembra che sia venuta l'ora di sostituire alla gran toilette orchestrale della nostra prosa un po' di semplicità che riveli come siam fatti, anche a costo di spiacere alle dame. Perciò signor Emilio, non me ne sappia male se in queste tormentate novelle troverà qualche nudità, qualche traccia di quella filosofia che si chiama humour o amarezza di riso, dicendo lei che il pubblico non ne capisce, o non ne vuol sapere. Lei ha ragione come editore; ma non le pare, signor Emilio, che il nostro allegro ottimismo ad ogni costo sia una forma di inerzia mentale? non crede lei, signor Emilio, che convenga mutar rotta?

Roma, li 25 novembre 1917.

ALFREDO PANZINI.

## IL TOPO DI BIBLIOTECA.

Nel tardo autunno dell'anno 19.. il professor Fulai, appartenente allo Stato Maggiore dell'alta cultura, era alquanto preoccupato.

Il signor Sigismondo Fulai era ancora un imponente uomo. La sua salute era regolare; i suoi denti erano regolari e sorridevano con grazia e sopportazione. La sua testa, benchè contenesse una biblioteca (un'altra biblioteca del pari ordinatissima esisteva in casa, primo piano nobile, verso giardino), incedeva eretta, con bel dondolamento. La sua voce era pacata e soave, la sua pelle era rasata, le sue scarpe scricchiolavano eleganti e sempre lucide per opera di Battista.

Battista (e non il Battista) era il nome del suo domestico, il quale dava col piumino contributo alle schede; ed era giunto a conoscere i libri della biblioteca dalle rilegature dei medesimi.

*

Ora per cause tuttora ignote, nel tardo autunno del detto anno, i topi avevano invasa la biblioteca; quella del primo piano verso giardino; e questa cosa era preoccupante.

Feroci, inafferrabili, questi malvagi topi avevano perpetrato guasti notevoli. Un incunàbolo - ad esempio - , l'Ars Moriendi, con rarissime silografie di Lorenzo Coster d'Harlem, era stato rosicchiato. V'era poi il topo burlone, che era andato a mettere il nido proprio dentro l'armadio della camera da letto del signor Professore, e da mezzanotte all'alba, durava con uno sgretolamento così tenace che a giudicare dal fracasso doveva essere un bestione come il gran Maligno. Durava tutta la notte quel lacerante rumore, e se per caso cessava, ciò non avveniva che per un raffinamento di crudeltà: appena il signor Professore si assopiva, e lui ricominciava.

4

- Che ne dite, Battista, della mia congettura che sia lo stesso topo che ha deturpato le silografie del Coster?

Molto egli odiava codesto topo, quasi come odiava quei falliti che chiamavano lui topo di biblioteca; perchè il professor Fulai era gentile sì, ma velenosetto.

Che se egli stava nelle biblioteche ed archivi, - come del resto il chimico sta nel gabinetto e l'astronomo nella specula, - non si pensi per questo che egli fosse come uno di quegli antichi nostri arruffati umanisti che si diceano intenti a risuscitare i morti. Fulai era, anzi, mondanetto, nè privo con le dame di amàbili arguzie: tutt'al più riusciva ad addormentare i vivi.

*

- Battista, - diceva al suo fidato domestico, - questa invasione di topi è preoccupante. Nell'armadio vi deve essere poi un enorme mus decumanus.

- Signore, - diceva Battista, - la gatta della portinaia ha figliato. Mi sono fatto tenere due micini che ancora prendono il latte. Attenda qualche giorno, e poi vedrà che il solo odore del gatto manderà via i topi.

- Voi credete?

- Certamente, e intanto provvederò con qualche trappola.

- Oh, egregiamente pensato! - disse il Professore.

E Battista collocò alcune trappole; due nella libreria ed una nell'armadio, e le fornì di buon'esca.

Ora, una notte, il signor Professore sente che l'orribile rumore è cessato di botto: poi sente un nuovo, ma piccolo, curioso rumore.

- Tu se' giunto! - esclamò dantescamente il signor Professore; e mette fuori le gambe dal letto, infila le pantofole, apre la corrente della luce, apre, infine, l'armadio e vede un piccolo quid caudato, che s'agitava vorticosamente attorno per la trappola.

Era il maligno topo! Possibile che fosse lui solo e così piccolo? Sì, un solo, minuscolo topolino, perchè, spenta la luce, non si udì altro rumore più.

- Apollo Sminteo non ti salverà, - pensò il signor Professore, e voleva ora dormire: ma era ormai mattutino e i vetri segnavano il lividore del giorno autunnale. Ah, possedere un nemico in gabbia, sia esso uomo o topo, e poterne far strazio senza alcun pregiudizio, è tal cosa da far perdere il senno. Il Professore scese dal letto, prese la trappola e, alla luce del giorno, esaminò il suo nemico.

Il topolino si rivolse a preghi, e disse: «O Professor, per lo tuo Iddio, non esser sì crudel!...».

Ma il Professore prese un puntuto tagliacarte, e due o tre volte trapassò le sbarre della trappola, ma non colse il suo nemico, onde ne ebbe dispetto.

- Attendi e vedrai nuovo ludo! - disse, ed affocò il tagliacarte alla fiamma di una candela; ma sebbene sapesse a menadito tutti i duelli di Ranaldo e di Ferraguto, non riuscì neanche allora ad infilzare il topolino.

Se non che il topo aveva, per sua mala ventura, la coda e questa sporgeva fuori della trappola. Il Professore, che si era intanto riscaldato nel combattimento, capì senz'altro il vantaggio che si poteva ricavare da quella coda; e benchè con ribrezzo, la prese, tirò, ed immobilizzò il topolino, che, intelligente anche lui, si agitava furibondamente con la parte del corpo non immobilizzata per meglio schermirsi; e intanto digrignava e scopriva l'apparecchio formidabile, in tanta sua piccolezza, degli acuminati denti. Le due pupille, poi, quelle due capocchie nere, balenavano la disperata rabbia. Ma il Professore, al contrario dei cavalieri antichi che per onor di cavalleria colpivano davanti, colpì di dietro perchè era più facile. Il ferro rovente penetrò, e uscì allora da quel topo uno strido lacerante. Il topo si abbattè: batteva convulsamente i piccoli denti. Sussultava ogni tanto nel piccolo corpo, che si gonfiava e si comprimeva: poi i sussulti cessarono.

Allora il signor Professore ebbe l'idea di uccidere un topo morto. Ma «cortesia fu lui esser villano»!

Levò il topo dalla trappola, e sospèsolo per la coda, ne lasciò cadere la testolina puntuta, orecchiuta, dai feroci baffi, su la fiamma della candela.

Fu allora che il topo dimostrò al Professore che non è tutta fantasia quello che si legge dei cavalieri antichi, i quali per quanto si martellassero, non erano mai ben morti.

Al contatto della fiamma, il topo scattò, si rivoltò in su. Fu lesto il Professore a lasciare andare la coda; ma più balenante fu la mossa del topo, ed il Professore ebbe per un orribile istante la visione, e anche la sensazione, dell'abominevole topo sospeso coi denti al suo dito pollice.

*

- Battista, non avete voi dell'acido borico? - suonò questa insolita voce nel corridoio silenzioso.

Battista, quando il signore chiamava, aveva ordine di portare il caffè al signore, che lo sorbiva a letto; e di non parlare se non per qualche speciale avvenimento meteorologico, successo durante la notte.

Ora quella mattina, Battista, accorrendo, vide il signore già alzato, in mutande rosee, presso i vetri, occupato a scrutare il suo dito pollice.

No, egli non aveva dell'acido borico.

- Ebbene, recatevi alla più vicina farmacia e fatevi dare un potente disinfettante.

Battista sparì, e poco dopo rientrò, ma desolato: il farmacista non poteva dare potenti disinfettanti senza l'ordinazione del medico. Poteva dare il lysoform; e Battista rientrava, infatti, con una latta contenente il detto lysoform, antisettico potente, di grato odore, non velenoso: distrugge tigna, scabbia, scarafaggi, lumaconi, come era dichiarato nella dicitura. Il signor Professore lavorò con molta pazienza intorno al suo dito pollice, con molto di quel disinfettante, finchè Battista si permise di avvertire il signore che se voleva recarsi all'inaugurazione del Sanatorio, era tempo di cominciare a vestirsi.

In quel giorno, infatti, alle ore dieci, si inaugurava il Sanatorio provinciale dei tubercolosi con l'intervento di un sottosegretario di Stato nonchè di tutti i personaggi rappresentativi della città e provincia, in tuba e redingote. Il professore Fulai rappresentava l'alta cultura e perciò anche lui doveva intervenire. Il senatore X*** si era spostato apposta da Napoli, ed avrebbe parlato. Una dozzina di automobili impazienti trasportò queste tube e queste redingotes attraverso il grigio della campagna spoglia, a dodici chilometri dalla città, dove in una posizione, che tutti giudicarono «oh, splendida!», sorgeva il Sanatorio. Poi le tube nere e le redingotes nere girarono in lunga fila per le corsie, abbaglianti di bianchezza; ammirarono il gran loggiato, esposto a mezzodì, esclamarono molte esclamative ammirazioni, che significavano: «Come staranno bene qui i signori tubercolosi!». Quindi il senatore X*** fece un quadro grandioso della tubercolosi o peste bianca. Portò dati statistici impressionanti, rispetto ai quali le statistiche dei morti nelle grandi battaglie sono una ben lieve cosa; poi entrò nella parte polemica, riguardante la cura della detta infermità, e questa seconda parte entusiasmò il pubblico dei sanitari.

Ma il professor Fulai era posseduto da un'insolita agitazione. Quelle statistiche di morti, quelle piramidi di morti, quell'edificio bianco in cui dovevano abitare i condannati a morte, gli producevano un'insurrezione di immagini funerarie. Vedeva le logge popolate dalle file dei tubercolosi immobili; la foresta funeraria dei pini; la spera infaticabile del sole che gl'infermi saluteranno senza sapere se la rivedranno ancora. Quella festosa polemica dei signori medici gli parve una mostruosa cosa, una lacerante contraddizione.

In condizioni normali il professore Fulai non avrebbe avvertito nulla di tutto questo: egli non sarebbe morto nè in guerra, nè tubercoloso: dunque la cosa non lo riguardava. Tutt'al più sarebbe morto come Francesco Petrarca, con un codice in mano, per effetto di un soffio soave, come si spegne una candela.

Ma in quel giorno egli non si trovava in condizioni normali, e perciò percepiva cose che comunemente non si percepiscono. Gli pareva che gli dolorasse il dito pollice.

Che strana agitazione crescente! Ah, finalmente è finita quella lugubre conferenza: finalmente egli si può muovere! Vede che tutte quelle redingotes sono festanti; tutti vanno a complimentare l'oratore. Ma Fulai guarda il sole che, dal basso arco del cielo, rompe la bruma autunnale, si proietta su la gran corona nera dei pini, sull'edificio bianco.

Al ritorno, in automobile, egli si trovò proprio di fronte al commendatore G***, direttore del laboratorio farmacologico dell'Università. Il commendatore G*** era molto infervorato con un suo collega a commentare il discorso del senatore X***: «Straordinario! - diceva. - Vero, professore (si rivolgeva a Fulai), che anche dal lato letterario, è stato uno splendido discorso?».

Ma la presenza di quel farmacologo e batteriologo aveva suscitato nel professor Fulai una smània spasmodica di interrogarlo su la esistenza dei microbi; come infettano l'organismo, come si procede alla disinfezione, alla cauterizzazione in caso di morsicature; sull'efficacia del lysoform.

- Ah, il lysoform? - Tutti quei tre medici ridevano ironicamente sul lysoform. - Molto efficace, commercialmente.

- Allora la cauterizzazione? - domandò Fulai.

- Io non credo che tale pratica sia raccomandabile, - rispose l'illustre farmacologo. - Vi sono dei virus che, appena trenta ore dopo l'innesto, sono già passati irremissibilmente ai centri....

- Ma scusi, commendatore, io ho letto che il torrente sanguigno si muove con una maggiore lentezza.... - si permise Fulai di osservare.

- Ma non tutti i virus, caro signore, si propagano attraverso il sangue. Il virus rabbico si propaga, ad esempio, attraverso i nervi e non attraverso il sangue. Le morsicature nelle parti scoperte, come la faccia, o i polpastrelli delle dita, che sono ricchissimi di filamenti nervosi, permettono la invasione dei centri in meno di trenta ore. Oh, Dio! io non posso mica fare un trattato di batteriologia qui in automobile....

Il professor Fulai non parlò più: non per effetto di quelle parole, cioè che il «virus rabbico si propaga attraverso i nervi» ma per uno choc gelido, immobilizzante. Da quello choc - come da nube nera nel cielo - si scatenò un ciclone. Era un'idea unica cresciuta d'improvviso, a dismisura: mostruosa idea che girava attorno vorticosamente nella scatola cranica di lui, come il topo nella trappola: girava sradicando, traendosi dietro tutte le idee della vita consueta. «Ferma!» diceva Fulai. Orribile tortura invisibile! Non poteva fermare. Non esistevano più freni nella scatola cranica.

A casa, l'ottimo Battista aveva preparato la solita igienica e delicata colazione; ma la zuppa raffreddava: e tre volte blandamente aveva bussato alla porta dicendo:

- Signore, è in tavola.

Ma il Professore era con le pupille fisse su di un dizionarietto, dove era scritto: Rabbia (Rabies): malattia virulenta, comune all'uomo e a certi animali, cani, lupi, gatti, ecc., manifestantesi con sintomi nervosi, poi con sintomi di depressione e terminante con la morte.

- Battista! - si sentì chiamare Battista con voce insolita, - avete voi trovato un topo morto nella mia camera?

- Sì, signor padrone.

- E dove è?

- È nella pattumera.

- Ebbene, quel topo bisogna ritrovarlo nella pattumera e portarmelo, - disse con raccapriccio, - e se non ci riuscite voi, chiamate un uomo dell'arte.

Battista, dopo mezz'ora di lavoro fra le immondezze, aveva trovato.

- Ah! bene. Non voglio vedere: mettete in una scatola.

Poco dopo un uomo usciva frettolosamente di casa: esso portava la sua morte nella tasca del suo paltò.

*

Il basso edificio rosso, nuovo, dove era scritto in grandi caratteri: Istituto Antirabbico, sorgeva in mezzo ad un giardinetto, appena fuori della vecchia porta daziaria.

Fulai suonò ad una porticina che era semiaperta. Si presentò una pingue donna con le braccia nude e tutta coperta da un lungo camice bianco.

- Il dottor R*** c'è?

- C'è, ma non so se possa ricevere.

- Portate, portate questo, - e diede il biglietto di visita.

La donna scomparve: il Professore rimase solo nella stanza, bianca, nuda, soffocante dal calore e dall'odore dell'etere: nel mezzo, su di una lastra di vetro, sorgeva un apparecchio, e dentro l'apparecchio era fissato un coniglio, vivo, scorzato e sanguinante sul mezzo del cranio. Fulai rabbrividì.

- Entri pure: riceve, - disse la donna.

La donna tornò al lavoro del coniglio.

Nel salottino attiguo dove entrò, il Professore vide il giovane elegante dottor R*** che si levava dal suo tavolo e diceva:

- A che debbo l'onore, signor Professore?...

Il Professore mostrò, per sorridere, tutti i denti bianchi. Volle parlare stando in piedi. Aveva un gran convulso.

- Un caso strano, - disse, - egregio dottore, un caso da romanzo, anzi da novella fantastica. (Proprio quello fra i generi letterari, per cui il signor Professore nutriva il maggior disprezzo.)

Egli dovette ben raccontare tutto, e tutto era giustificatissimo quando si pensi che i topi gli avevano rosicchiato quel prezioso incunàbolo dell'Ars Moriendi con le silografie di Lorenzo Coster d'Harlem.

- Va bene, ma scusi, - disse il dottore, che pur essendo assai giovane, parlava, o pareva al signor Professore che parlasse con una odiosa meticolosità dolciastra, proprio come lui, Fulai, era abituato di parlare, - come ha fatto questo topo a morderla?

- Io lo presi per l'appendice caudale, credendolo morto.

- Ma lei non doveva, mi perdoni, prenderlo per la coda! In altri termini, lei ha martoriato l'animale....

Era mortificante che un uomo così grande dovesse confessare di aver martoriato un animale così piccolo, ma siccome nella mente del Professore stava inchiodato il tremendo sospetto che i maltrattamenti avessero potuto provocare nel topo lo sviluppo della rabbia, così fu costretto a confessare.

- Il volgo crede infatti, - disse il dottorino, - che i maltrattamenti, la sete, l'astinenza sessuale possano ingenerare la rabbia. Ma non è opinione attendibile.

- E allora? - chiese il Professore, che, per la prima volta in sua vita, si vedeva mescolato col volgo.

- Allora per trasmissione, cioè per innesto. Bisognerebbe, quindi, supporre che il topo di cui si ragiona, fosse stato, alla sua volta, morsicato da un gatto già infetto, il che si presenta poco verosimile.

- Ma non è inverosimile, - azzardò timidamente Fulai.

- Non è inverosimile, - confermò il dottorino con una calma esasperante; eppure la calma era fra le virtù più pregiate da Fulai.

- Sì, ma l'origine prima del virus rabbico?... - domandò Fulai; e quelle due parole, virus rabbico, gli davano una pena che non le poteva proferire: si arrestava spaventato davanti a quelle due parole, come davanti ad un abisso.

- Quanto all'origine, - disse il dottorino con un sorriso a labbra sigillate, - lei ne sa più di me: felix qui potuit rerum cognoscere causam, come dice Lucrezio.

La citazione era per triplice verso inesatta, ma a Fulai - quel giorno - non importò niente.

- Quando è così, dottore, io posso essere autorizzato a credere che la rabbia possa svilupparsi negli animali irragionevoli anche sotto l'azione di qualche strazio fisico....

- Se le fa piacere, può anche credere così....

- Piacere...; scusi, anzi mi fa dispiacere: ma siccome non è del tutto irrazionale, dato il punto oscuro dell'origine di questo male, così ero venuto da lei per avere una prova indiscutibile, una prova di gabinetto....

- Ah, se le fa piacere, ben volentieri; ma occorre un reperto batterioscopico....

- Inoculare un coniglio come quello che ho visto là? - chiese il Professore inabissando di nuovo nel suo folle terrore.

- Noi possiamo agire anche in modo più sollecito, - disse il dottorino con compiacimento, lisciando la barbetta - , possiamo fare l'esame istologico; guardare se nel cervello si trovano i così detti corpi del Negri. Ma converrebbe avere il materiale di perizia....

- Il topo?

- Già; ma in buona conservazione. Se la putrefazione ha invaso più o meno il pezzo di esame, la prova si presenta malsicura.

- Il fatto è avvenuto stamane....

- Oh, allora andiamo benissimo.

Che strana sensazione quell'avverbio benissimo in un caso così tragico! Ah, gli insensibili uomini della scienza! Eppure anche lui, Fulai, godeva della sua insensibilità nel sezionare con la critica le anime dei morti.

Il Professore porse l'orribile cartoccino. Il dottore lo svolse, scoprì il topo, lo guardò con piacevole curiosità.

- Si direbbe che sia stato anche bruciacchiato - disse guardando con occhi di indagazione, di sotto in su, il professor Fulai.

- È stato il domestico.

- Ah, bene. Allora passi o mandi qui domattina, e le sapremo dare la risposta che lei desidera.

*

Quando fu la dimane il dottorino arrivando con placido ritardo all'Istituto, trovò il Professore che andava su e giù davanti all'ingresso. Balbettava, era curvo, aveva due lividi sotto gli occhi: le pupille erano lucide, il rossore del viso, malsano: balbettava, dico, convulsamente.

- Ma lei, scusi, - disse il dottorino, - mi pare alquanto agitato.

- Sì, un po' agitato, - disse Fulai sforzandosi di sorridere.

- Non mi meraviglia: è un caso dei più frequenti. Noi abbiamo oggi in cura quarantacinque morsicati, e tutti da cani riconosciuti idrofobi, che vengono qui, allegri, indifferenti....

- ....allegri, indifferenti? - ripetè automaticamente il Professore.

- Ma certo! I più sono di campagna, gente che ha il bene di non pensare. Capita invece l'individuo che ci pensa, e sopravvengono allora i più strani fenomeni di autosuggestione. Timore del tutto infondato! Pensi; sopra tremila persone curate nel nostro Istituto, le statistiche non dànno che due insuccessi, cioè una mortalità di zero, zero sessantasei per cento.

- E se io fossi il terzo insuccesso? - domandò Fulai, a cui solo il suo caso stava a cuore.

- Il suo caso? Benissimo!

- Ha visto?

- Adesso vediamo. Così vede anche lei.

La donna paffuta, dalle braccia nude e dalla tonaca bianca, lavorava attorno ad un altro coniglio: prese dalla scansia e porse al dottore un piccolo vetro. Andarono di poi, il dottore e Fulai, di là nel gabinetto.

- Ora vediamo, ora vediamo.

Il dottorino si levò, appese il suo raglan, depose la sigaretta nel piattellino,

12

scoprì un lucido istrumento, un microscopio; adattò, girò, guardò.

Era spaventosamente calmo quel piccolo uomo.

- Ebbene? Ebbene? Ebbene?

- Come le dicevo ieri, niente; reperto negativo.

Il professor Fulai da ventiquattro ore si trovava in uno stato che non è facile dire: intanto quell'idea folle e turbinosa nella scatola cranica; poi tutti gli organi come inchiodati, serrati, frenati che non agivano più, gli organi della respirazione, della digestione: per contrario l'organo del cuore andava disperatamente come un cavallo che ha preso la mano al guidatore, e le pupille gli si erano sbarrate sì che non poteva dormire. Oh, un ben deplorevole stato! Ora quando il dottorino disse: reperto negativo, sembrò che quella idea folle che girava nel cervello, fosse scomparsa per effetto di magìa, come scompare un pipistrello (che è una specie di orribile topo) dal soffitto di una stanza dove è penetrato e dove gira vorticosamente: e insieme provò la sensazione deliziosa degli organi, che, serrati, gli si aprissero: vi entrava l'ossigeno, la gioia di vivere.

Ma fu un attimo solo; per sua mala ventura gli saltò in mente di chiedere: - Matematicamente?

A questa domanda il volto del dottore si concentrò, un po' cupamente, con grande terrore di Fulai che lo spiava.

Il dottorino, benchè in un'altra branca dell'umano sapere, era seguace dello stesso metodo che seguiva il signor professore Fulai nelle sue ricerche d'archivio: nulla affermava senza il documento.

- Ebbene, l'esame istologico negativo, - disse gravemente il dottorino, - non è bastevole. Conviene innestare una cavia o un coniglio, avere la pazienza di attendere da un minimo di venti giorni ad un massimo di quattro mesi, sissignore, quattro mesi! e dopo possiamo dire matematicamente. Scusi, professore, ma lei ne vuol sapere più di noi che ci viviamo in mezzo?

Una tenue disputa si accese tra i due scienziati: l'uno aveva studiato le carte, le cartapecore, le pergamene, i codici, i papiri; l'altro aveva studiato i pezzi anatomici, i nervi, i parenchimi, i vari cocchi a catena, a lancia, a bastone, a virgola: aveva lavorato col microscòpio: ma nessuno dei due aveva studiato quella grossa bestia che è l'uomo; non la avevano osservata con gli occhi più adatti, cioè con gli occhi semplici, gli occhi puri, quelli che ha dato Iddio; perciò la disputa fra i due scienziati fu alquanto acerbetta.

- Ma, illustre professore, - disse il dottorino, - io le dico: «si fidi!». Ma lei vuole il documento matematico; ed io non glielo posso fornire, nessuno glielo può fornire se non da qui a quattro mesi, e per l'appunto così....

Per l'appunto in quel punto la donna dalle braccia nude recava un coniglio nero, penzoloni per le orecchie. Una specie di crisma sanguinoso e mortale era segnato fra le due orecchie. Il coniglio fu collocato dalla donna in una gabbia dalle forti sbarre di ferro, dove si mosse vivacemente, anzi si mise subito a mangiare. Il dottore vi incollò un cartellino con la data: 28 novembre 19.., e disse: - Se lei, professore, viene qui, tra otto giorni, vedrà questo coniglio che non si muove più, che non mangia più. Se invece mettiamo in gabbia un altro coniglio, inoculato col cervello del suo topo, da qui a quattro mesi lei lo trova ancora vispo, allegro, come è questo qui, adesso. Io ne sono convintissimo; ma matematicamente, scusi, matematicamente, io come scienziato non lo posso dire, e lei non lo può pretendere.

- Quando le cose stiano così, - disse il professore Fulai, - facciamo la prova matematica, così io, dopo, sarò anche più tranquillo....

- Benissimo, ed io farò innestare un bel coniglio, - disse il dottorino.

- Io la ringrazio della sua gentilezza, e mi abbia per iscusato se mi sono espresso un poco vivacemente.

Il dottorino accompagnò il Professore sino alla porticina di servizio: lì attese che il Professore varcasse il cancelletto del giardino. Al quale limitare come il Professore fu giunto, si voltò e fece un bel saluto col cappello; il dottorino dal limitare fece, alla sua volta, un altro bell'inchino, e la porticina lentamente si chiuse.

*

Il professor Fulai camminò da prima speditamente. Era nella via di circonvallazione: dai grandi plàtani cadevano a terra le foglie, secche, gialle.

Allora per la prima volta Fulai guardò le foglie secche che si staccavano dai plàtani, e un verso, come il cavalier della morte, sbarrò il passo a Fulai in mezzo al viale.

Era un verso d'Omero:

A che dimandi del mio lignaggio?

Qual delle foglie, tale è la stirpe degli umani....

Egli, Fulai, conosceva la questione omerica, ma solamente quel giorno trovò che Omero aveva un contenuto diverso dalla questione omerica. Omero, con i suoi occhi spenti, gli sbarrava la via. Strano! Omero, che non è mai esistito, sbarrare la via!

A che dimandi del mio lignaggio? Qual delle foglie, tale è la stirpe degli umani.

«Tutti senza nome, allora? Tutti come le foglie, allora? Le foglie, le foglie! Cumuli di letame diventan le foglie; poi altre foglie nuove, come dice Omero.»

E le rinnova

la frondeggiante selva in primavera.

«Ma io sto bene come sono: non voglio rinnovarmi, io!» E ricordò gli antichi monaci che, già vivi, buttavano via il loro nome. Tutti senza nome, come le foglie. Anche Dante quando bussò al monastero, non disse suo nome.

*

Ma a casa, il professor Fulai era aspettato.

Il giovane professor Leviathan, assestatuzzo della persona, ma badiale intelletto, era la sua pianta spirituale: era stato inviato a Madrid donde aveva riportato tre varianti di un codice; era stato a Berlino, dove aveva arricchito la propedèutica dantesca con il contributo su la trìsava di Dante, Dante's Urgrossmutter. Leviathan differiva da Fulai forse in questo, che Fulai nei ponderosi volumi si trascinava sempre il paludamento delle eleganze cinquecentesche, mentre Leviathan procedeva scientifico e perfettamente ostrogoto.

Ed ora Leviathan attendeva, in collaborazione con Fulai, a colmare una vera lacuna studiando i rapporti intercedenti tra Federico Nietzsche e Giacomo Leopardi.

Ma quel giorno Fulai non sentì voglia di collaborare; anzi sentì un disgusto immenso, più che ad immergersi nel Dugento. Nietzsche e Leopardi erano bensì alla superficie del tempo; ma ora soltanto si accorse che quei due giovani formavano un gruppo tràgico nell'amplesso della morte.

- Ne parleremo un altro giorno, caro Leviathan.

- Sta forse poco bene, illustre maestro? - domandò la voce dolce di Leviathan.

- Un po' di emicrania, infatti.

- Si vede dagli occhi, illustre maestro.

- Lucidi forse?

- Oserei dire, - disse Leviathan, - brillanti e scintillanti.

*

15

- Brillanti e scintillanti?

Leviathan se ne era andato, e Fulai si trovò solo con questa disperata domanda: «Che cosa devo fare io?».

Il polso batteva novantasette pulsazioni al minuto; e stare fermo, non poteva; e aveva un peso nel cervello, quasi ci fosse stato messo un contrappeso di piombo che tenesse per forza sbarrate le pupille, come nelle teste di porcellana delle bàmbole mettono un contrappeso di piombo perchè tenga sbarrate le pupille. «Via, andiamo in Biblioteca!» Ma poi, quando si trovò all'angolo di via B*** e vide scritto in bronzo Biblioteca Nazionale, ebbe paura. L'idea di studiare gli dava avversione profonda, come ad uno scolaro negligente. Ma se prima gli era cosa tanto piacevole! Il suo tavolo verde, nella gran sala della Biblioteca, con tutti i volumi volumoni, volumini, era religiosamente rispettato. Era quello il suo regno, dove, al suo entrare, tutti chinavano la testa.

La sua scarpa scricchiolava signorilmente su la passatoia; un bisbìglio lusinghiero feriva talvolta i suoi orecchi: «Quello è Fulai». Al suo tavolo, i distributori, cameristi silenziari, deponevano incunàboli, codici cartacei e pergamenacei. Ma quel giorno Fulai guardò con terrore i codici cartacei e pergamenacei.

Gli pareva di mettersi lo scafandro per calarsi a dieci, quindici metri di profondità; dieci, quindici secoli nell'oceano del tempo defunto: nel Dugento! Vedeva tutti i morti delle età morte, vivi: così come il palombaro vede i giganteschi cadaveri entro una nave naufragata.

Ma sino a quel giorno Fulai non aveva visto nel tempo che fu, che dei morti! Ora vedeva dei vivi. Allontanò con ribrezzo gli occhi dai libri.

Girò attorno gli occhi con gli occhiali d'oro.

Vide i soliti studiosi, vide i giovani studenti che studiavano devoti secondo le sue indicazioni. Lo studente A*** era curvo su la tesi di laurea su Le storie dì Alfonso del Barbicone; lo studente B*** (un pretino) collazionava con delicatezza le epistole latine che un tempo non eran di Dante, ma adesso tornavano ad esser di Dante; la studentessa C*** languiva su gli aurei trattati De Mascalcia.

Ma a Fulai non parevano studenti veraci; sì bene talpe. Scavavan cunicoli in fondo ai secoli per arrivare a rodere cattedre.

La studentessa C*** vedendo il maestro con gli occhi levati, osò alzarsi, osò accostarsi, osò domandare se era meglio dire gli itali petti, o gli itàlici petti.

Fulai non rispose: la guatò con occhi torbi e domandò:

- È ancora vergine lei?

- Oh, signore!

E la poverina se ne era tornata al suo banco,

- Portatemi, portatemi un testo, - aveva detto Fulai al distributore, - su la rabbia canina.

E il distributore era tornato a lui recando un libro, legato in pergamena: Dissertazione fisico-medica del signor Boissier de Sauvage, medico consigliere del re di Franza, su la natura e causa della rabbia, nella quale si ricerca quali possino essere i Preservativi e Rimedi, aggiuntovi un trattatello su gli animali velenosi d'Italia, dal franzese in italiano tradotta e commentata, con licenza dei superiori.

- Ma chi vi ha detto di portarmi questi vecchiumi? - disse il professor Fulai.

E siccome il professor Fulai non parlava mai tumido ore, così il distributore stupì, e tutti alzarono la testa sentendosi rimbrottare nella sala riservata.

- Non si arrabbi, signor commendatore, - bisbigliò il distributore.

Fulai non fe' motto: aprì i vecchi cartoni, e i suoi occhi caddero su questo capitolo: Aperture de' cadaveri.... Il cervello ed il principio del midollo spinale più secchi del solito, il cuore secco.

Rabbrividì. Voltò pagina e lesse: il veleno della rabbia fa i suoi più grandi effetti nelle gorgozzule....

Forse il gorgozzule....

Si sentiva stringere il gorgozzule; e uscì dalla biblioteca non con l'usato passo.

«Andiamo al tea-room.» A quell'ora al tea-room c'è la contessa Bosis con la senatoressa D***. Esse prendono il tè con i petits-fours, o pasticcetti - come correggeva il professor Fulai. - Esse sono molto intellettuali e ammirano le arguzie del professor Fulai. Ma l'idea di dover stare fermo in quel salottino abbacinante di stucchi ed oro, stile Louis kenz (diceva la contessa; decimoquinto, correggeva Fulai), gli era cosa penosa come fare il palombaro nella Biblioteca. Quel lucido degli specchi e degli stucchi gli dava terrore: sentiva che non avrebbe potuto inghiottire i pasticcetti, o petits-fours (che per lui oramai era indifferente come chiamare) per effetto del gorgozzule.

Egli, Fulai, ritrovò allora se stesso che camminava frettolosamente per il gran viale deserto dei plàtani, fuori di porta. Ma non Leviathan, non la contessa, non la Biblioteca Nazionale erano le cose a cui pensava. La cosa a cui pensava, a cui solo pensava, a cui non poteva fare a meno di pensare era quell'idea turbinosa di essere idrofobo. «Io sono un professore idrofobo.» «Ma è pazzia pensare così!» diceva e faceva dire dalla sua ragione, arrestandosi ogni tanto. Ma non si arrestava l'idea turbinosa. C'era come un demonio spaventosamente logico che poneva davanti alla sua ragione tutti i casi delle possibilità, in quanto che «di una morte o di un'altra, non ti pare che si debba morire, professor Fulai?» diceva quel demone.

Davanti a lui la doppia fila dei gran tronchi dei plàtani si perdeva nello sfondo grigio della sera cadente senza luce di vespero. I lumi della città si scorgevano dall'altra parte già lontani, come un'aureola di biancore, un riverbero delle luci elettriche. Ma egli era ben lontano dalla città! «Io sono corso sino qui come un cane randagio» pensò. Un enorme ribrezzo lo colse a questo paragone che inconsapevolmente avea concepito. Volle tornare indietro; ma aveva paura delle luci elettriche della città come del buio fra i plàtani. Un lumino brillava davanti. Forse era il casotto dei dazieri. Sarebbe arrivato sino là. Avrebbe parlato coi dazieri. Ma il lume si faceva sempre più lontano: era un fanale che si moveva lentamente. Allora si sovvenne che quel viale conduceva al cimitero. Fanale, ferale, feralis! Radice: bar, fero, io porto: la bara! Un'orrenda mistura filologica. Si ricordò di quelli che non possono più dormire nel proprio letto, e vanno volontariamente a dormire sotto quei cipressi. Voltò, e si mise a correre disperatamente verso la città.

*

- Oh, ma lei, signor padrone, è tutto bagnato; lei è uscito senza ombrello, - disse Battista, quando il signore rientrò nel suo alloggio.

- Infatti, ho dimenticato l'ombrello: sparecchiate, Battista, perchè ho già pranzato in casa del senatore. Vi volevo telefonare, caro Battista, ma poi me ne sono dimenticato. Scusate, caro Battista.

Era la prima volta che Battista udiva caro davanti a Battista. Che stia poco bene?

- Sta poco bene, signor padrone?

Fulai certo era padrone, anzi sultano, anzi in Italia, il paese bigotto delle libertà, Fulai esercitava la tirannide dove solo la libertà è bene: sopra la intelligenza! Guai a chi non era intelligente della intelligenza di Fulai! Fulai dolcemente, clandestinamente tagliava la via: ma inesorabilmente. Oh, era ben padrone Fulai! Ma quella sera gli suonò strana la parola «padrone».

- Battista, è ben accesa la lampada nella mia camera da letto?

Ma quella parola lampada, lampàs-lampàdos, gli richiamò alla mente la paràbola delle sette vergini sagge e delle sette vergini fatue. Esse lo

18

attendevano, sul limitare, con le lampade levate, perchè noi non sappiamo nè l'ora nè il giorno. Ma è tutta lugubre la letteratura? Egli non se ne era mai accorto.

Spense la lampada; ma le tenebre erano incresciose al pari della luce. «Bene! vediamo un po': che male ho io? Paura! Di che cosa ho io paura? Di morire.» Anche morire come Francesco Petrarca con un libro in mano non gli piaceva più, adesso. E poi Petrarca aveva settant'anni, e poi lui era un'altra cosa; lui credeva, ad una cosa che non è la morte, a Maria Vergine, ch'accolga il mio spirto ultimo in pace. Come era lugubre del resto anche quel poeta lì! «Quando sarò arrivato a settant'anni, ne parleremo. Pensare che ieri mattina ero così tranquillo, così felice! Cosa mi venne in mente di toccare quel maledetto topo?» Il professor Fulai aveva una gran voglia di dare molte percosse alla sua persona. «Tu, piuttosto, non devi aver paura!» - disse, e accese la luce, e balzò dal letto, e puntava il dito contro se stesso, nel mezzo della notte, in abito da notte, contro se stesso, riflesso in mezzo della specchiera. Ma quel suo gesto gli parve pazzesco. Erebus et Terror stavano davanti a lui. Era la lùcida bottiglia sul comodino. Gli pareva di non poter bere. Fulai invocò Logos e Bulè, la Ragione e la Volontà contro Erebus et Terror. Ma la Ragione girava attorno come uno scarabeo a cui fu strappata un'ala; e Bulè, la Volontà, era ferita.

«Quando verrà il sole, - disse la Ragione a Fulai, che non ne poteva più dalla stanchezza, - allora, forse, Erebus et Terror, i due mostri, scompariranno.» Venne infine la luce del sole.

La Ragione potè prender campo. Ma due lividi enormi stavano sotto le pupille del professor Fulai a testimoniare dell'orribile notte trascorsa.

*

Una forza strana sospingeva il professor Fulai verso l'Istituto Antirabbico. Era cosa assurda, grottesca: ma egli non aveva più pudore di nascondere la sua miseria. Quel coniglio! tutto il mondo per lui era quel coniglio. Idea ossessionante: Chi sa come stava quel coniglio?

- Come sta il mio coniglio?

- Benissimo, illustre professore, - disse il dottorino.

- Lei crede che non morirà? Intendo dire di morte idròfoba.

- Mai più.

- Io sto molto male, dottore, - e raccontò la sua notte insonne.

- Terrori dei letterati, - disse il dottorino.

Fulai, veramente, era scienziato e non letterato: il dottorino non distingueva le due funzioni, ben distinte, di critica e di arte. Ma quel giorno non ci badò.

Il dottorino era gaio.

- Illustre professore, - disse - , c'è proprio di là nel gabinetto il professor X***. Gli racconto il suo caso, lo faccio visitare. Attenda un istante.

L'allegro dottorino non aspettò nemmeno la risposta. Piantò Fulai in anticamera.

Il professor X**** direttore della Clinica universitaria; un Padre Eterno anche lui, un uomo che conosceva per quali fessure entrano Erebus et Terror nel cervello, un uomo che addomesticava la Volontà e la Ragione, un uomo che conosceva bene il cervello come lui Fulai conosceva bene il Dugento. Due illustri, dunque, due Padri Eterni che si erano spesso salutati a distanza. Fulai non aveva mai pensato di cadere sotto la giurisdizione di quell'uomo.

Se avesse avuto volontà, Fulai sarebbe fuggito. Ma non aveva più volontà.

- Illustre professore, venga, - disse il dottorino. Fulai lo seguì.

Il professor M*** era lì. Fulai si sentì avvolto nella virile canizie di quell'uomo. Lo sentì parlare con dolcissimo sorriso. Un balsamo di parole.

Mai Fulai aveva rivolto la parola ai letterati e poeti, morti e vivi, con tanta dolcezza.

Lo stupirono anche le parole di lui.

- Caro collega, - disse, - il nostro dottore (e accennava il dottorino) pecca dell'entusiasmo dei neofiti. Mi permetto di parlare così perchè fu mio scolaro. Egli vive chiuso nel laboratorio, ed ha l'illusione di guardare gli uomini mentre questi in realtà sono lontani. In verità egli non guarda che cavie e conigli. Lo sperimentatore di laboratorio non prende dalla natura ciò che egli vuole. Più modestamente: lo sperimentatore imita la natura quanto meglio può. Ora le malattie degli uomini sono tutt'altro che gli esperimenti che noi vogliamo. È la natura che ci impone le malattie, e noi, per tentare di imitarle, dobbiamo prima un po' sapere in che consistano e a quali leggi soggiacciano. Certo queste leggi esistono; ma sono ardue a conoscere ed impongono a noi medici la più gran modestia di pretese. Subtilitas naturae subtilitatem argumentandi multis partibus superat. Questo le dico per spiegarle come quel matematicamente che il mio amico ha proferito ieri, era esatto per i conigli, ma poco esatto per l'uomo. Di scienze perfette non ne esistono. Ma al primo errore di quel malaugurato matematicamente, ne fu aggiunto un secondo: egli non doveva accondiscendere a far innestare il coniglio. Il coniglio innestato fu come la porta per cui è entrato, non il virus rabbico, ma il terrore del virus rabbico in lei; il quale terrore, del resto, è una malattia non meno reale che la rabbia canina. Anzi oggi, che, grazie alle immortali osservazioni di Luigi Pasteur, la rabbia è curabile, creda che la paura è male ben più temibile.... Ah, lei sorride, professore?

Fulai sorrideva: gli pareva di star bene.

- Ma c'è di più: se nel sospetto ci fosse stata un'ombra solo di possibilità, il mio amico dottore le poteva proporre sùbito e come estremo di precauzione, la cura Pasteur. Perchè non l'ha fatto? Per un ragionamento istintivo, per cui lui era convinto che nel suo caso non esiste infezione.

Così parlò il gran maestro canuto.

Ma Fulai in quel momento non istava più male, o almeno così allora gli pareva. Certo aveva sofferto un orribile male, e raccontò dell'immenso stupore che era in lui; cioè come attraverso una piccola scalfittura, se pure scalfittura ci fu, cagionata dal dente di un topo, fosse potuta entrare nel suo cervello un'idea così spaventosa. Quale è l'abitazione nel cervello di un'idea così spaventosa? E come può un'idea far tremare un uomo? vietargli ogni altra attenzione? rendergli nero il sole? impedirgli la volontà? il sonno? il sorriso?

E Fulai raccontò ancora:

- Il mio cervello era prima come un paesaggio svizzero, tutto mondo, tutto ordinato con cura; ma adesso è diventato un paesaggio su cui già passo l'uragano, la tempesta, la guerra, la morte. L'idea di morire arrabbiato ha sconvolto tutto ed in un modo indecente per un uomo rispettabile come io credo ancora di essere. Certo quel genere di morte per idrofobia deve essere orribile; ed io lo ho escluso, valendomi a un dipresso del ragionamento che lei ha fatto, dottore. L'idea un po' va, e poi torna. Torna con l'insistenza dell'antico demonio nell'animo degli asceti d'altri tempi. Dice: «Con permesso». Ed è entrato già. «Guarda, mi dice, che anche Morgante che era un gigante, è morto per il morso di un granchiolino.» Ma quella, dico io, è una fola di Luigi Pulci. «Sì, è vero; ma non ricordi nel Giornale del Vespero quel bel racconto di tanti anni fa di quel signore americano che morì idrofobo per una carezza di un suo cagnolino?» Ma è una combinazione dell'uno sul milione. «Sì, hai ragione: tu probabilmente non morirai idrofobo. Però ammetti, Fulai, che di una morte devi pure morire!» E questa idea mi si annida allora nel cervello e non se ne vuole più andare.

Ma v'è di peggio: tutti i miei placidi libri mi incutono un'idea spaventosa del tempo. Dante è un abisso, e mi fa paura. I codici del Dugento mi incutono terrore.

Io vedo il tempo materialmente: lo vedo in forma di un abisso senza fondo.

Me ne sta davanti la spaventosa etimologia: tempo, cioè l'andata senza fine, l'eterno che tutto assorbe. Gli uomini hanno immaginato certe eleganti divisioni del tempo, cioè evo, cioè le ore, le olimpiadi, le calende, i mesi; come in certi edifici si mettono dei diaframmi per evitare il capogiro guardando in giù: ma in realtà è tutta una continuazione; e l'abisso rimane. Questi versi del Leopardi, che prima leggeva indifferentemente:

E mi sovvien l'eterno,

E le morte stagioni.

adesso mi dànno un senso di raccapriccio. Come faceva quel ragazzo del Leopardi a scrivere queste spaventose cose senza morire?

Era un gran pazzo o un gran savio? Era fisiologico o era patologico, Leopardi? È fisiologico l'essere o il non essere? Se non fosse questa mia lingua bianca e questo mio polso convulso, direi che è fisiologico non essere. Quel coniglio! La mia vita è quel coniglio!

Il gran vecchio sorrideva. Come faceva piacere a Fulai quel sorridere che pure era derisione delle sue parole!

- Caro collega, - disse, - la nostra scienza terapèutica va poco più in là di un purgante e di un calmante. Bene io vorrei violentare certe leggi di natura; eppure anch'io, come il più modesto dei sanitari, non ho a mia disposizione che un calmante o un purgante. Ma nel suo caso speciale, abbiamo un rimedio a sua disposizione: visiti ogni tanto il suo coniglio. Già che l'amico dottore ha fatto il male di farlo innestare, faccia la penitenza di farglielo visitare.

- E lo troverò sempre in ottima salute?

- Matematicamente.

*

Andò a casa quasi saltellante, Fulai. Il dottore gli aveva levato la bua.

Come quando diceva: «Mamma, mamma, vieni!». Ed egli vide la sua mamma, nel tempo lontano, quando lui era un bambino piccino; e la sua povera mamma gli voleva tanto bene, lo curava dei suoi mali, mali piccoli, mali dòcili. Li faceva andar via.

Così aveva fatto anche ii dottore canuto. La Bontà! Che strana parola! Una parola che le mamme dicono ai bimbi, e poi scompare.

- Sì, caro Battista: oggi sto realmente meglio e noto che questo brodino è un poco leggero.

- Allora posso fare, signore, una bistecchina sautee o «saltata», come vuol lei.

- Bravo, Battista: una piccola bistecca, o saltata o sautee che poi è lo stesso; e un gocciolino di Barolo. Sapete, Battista, che questo Barolo è molto ben conservato? Voi siete un servo modello, Battista, un uomo buono, non è vero, Battista? Battista, assaggiate anche voi di questo eccellente Barolo.

«Professore, - disse una silografia di mastro Lorenzo Coster, che illustrava quel prezioso incunàbolo sull'Ars Moriendi - vogliam fare qualche meditazione?»

«Al diavolo! - disse Fulai - io mi voglio dare alla pazza gioia.»

*

Al mattino Fulai si destò: aveva dormito molto, ma senza incubi.

La stipsi si era risolta un po', e Battista condivise al proposito la soddisfazione del signore, anzi si permise di osservare:

- Quando avrà il beneficio di prima, starà come prima.

*

- Sì, infatti la cupa cupola di piombo che era sul suo cervello, si veniva squarciando: appariva il sereno. Ma perdurava tuttavia una strana oscillazione nelle idee. Si provò a leggere, ma non poteva studiare, non poteva fissare. La sua testa era prima come un ordinatissimo, tranquillissimo schedario. Ora invece ogni scheda si era gravata della sua profonda significazione: accanto ad ogni scheda era un uomo vissuto già nel tempo; v'era la sua fatica, la sua opera: e tutte queste infinite opere formavano un enorme peso, e tutto questo peso formava una spaventosa leggerezza: Vanitas!

Ma il suo pensiero correva là, all'Istituto Antirabbico, dove c'era il coniglio.

Per star bene aveva bisogno di vedere il coniglio.

Il dottorino non c'era: c'era solo la donna dal camice bianco e dalle braccia nude.

Ella disse:

- Proprio abbiamo innestato un bel coniglio bianco. Vedrà come è vispo, come mangia!

- Ah, sì? è proprio vispo? proprio mangia?

Gli pareva, ecco, di tornare a star meglio ora che aveva udito questo.

Scesero giù in una specie di sotterraneo.

- Dio! cos'è quella cosa sanguinante, là? - chiese atterrito Fulai.

- La testa di un cane, signore. Oh, ne arrivano ogni giorno. Lei è troppo sensibile.

- Sì, io sono molto sensibile.

- Ecco qui, - disse la donna aprendo una porticina.

Era una stanza grigia, gelida, con tutte gabbie di ferro all'intorno: in ogni gabbia c'era un coniglio o una cavia; tutti, tutte, con quel crisma sanguinante sul cranio.

- Ecco, signore, questo qui comincia, disse la donna.

- Che cosa? Comincia che cosa?

- La paralisi. Vede? - Ed essa, con un bastoncello fra le sbarre, sollevava la bestiola giacente; ma questa non poteva star ritta e ricadeva pesantemente. - Quest'altra qui comincerà domani, - proseguiva colei metodicamente.

- Ma se mangia!

- Mangia, ma vede? Vede che non corre più? Oh, buttiamo via questo.

(C'era in una gabbia un coniglio stecchito, che faceva da pavimento ad un altro, sovra accovacciato.)

- No! no! - disse Fulai. - Quello vivo può uscire. Poi non temete voi che vi morda?

- Ci sono abituata, - disse la donna, e introdusse il braccio nella gabbia, e ne tolse quella cosa stecchita e arruffata, che buttò su di un mucchio di segature.

Quella donna gli parve più coraggiosa di Marfisa, di Camilla.

- E il mio coniglio?

- Ecco qui il suo coniglio.

- Ah, il mio coniglio, - disse Fulai distratto sino allora da tutti quegli istrumenti di vita e di morte. - Il mio coniglio! Dio! ma se è accoccolato là in fondo come gli altri! - esclamò rabbrividendo.

- Sì, ma vede che begli occhi, che bel pelo liscio? E poi guardi: Pipin! È il più bello della conigliera, e lo chiamiamo Pipin!

E toccatolo appena col bastoncello, il coniglietto si mosse, tutto vivacemente.

- Mangia! - esclamò Fulai pieno di ammirazione e di felicità.

- Guardi: non ha più crusca.

Fulai respirava benone. Vedeva il suo coniglio con le orecchie ritte, e invece tutti quegli altri conigli si stavano con le orecchie storte, mogie, tutti arruffati, orribili, immoti.

- Muoiono così?

- Così.

- Allora tranquilli.

- Oh, le cavie, - disse la donna, - si mordono, anche, fra loro. Guardi, guardi quelle due cavie che mordono le sbarre!

- E gli uomini fanno lo stesso? Voi ne avete visti?

- Ah sì! È brutto. Molte volte bisogna legarli. Dicono loro stessi: «Via! via! che adesso mordo».

Fulai si sentiva come un laccio alla gola. Voleva fuggire e voleva sapere. Domandò:

- È vero che hanno paura dell'acqua?

La donna era dotta e tranquilla:

- Veda, signore, basta molte volte il solo rumore del rubinetto aperto, una corrente d'aria, per dare le convulsioni.

Fulai non si sarebbe mai staccato da quel lugubre luogo. Volle sapere tante cose.

- Tutti i cani che mandano qui sono arrabbiati?

- Ah, sì, quasi tutti. E poi guardi le cavie e i conigli: essi glielo dicono.

- Ma il mio no, eh? nevvero?

- Già, tutti, fuori del suo.

- Ah bene! Ma agli altri, a quegli uomini che fanno la cura, lo dite voi che il coniglio è morto o sta male?

- Non diciamo niente. Già i più sono contadini o bambini, che non lo sanno nemmeno.

- E se qualcuno lo sa? e se qualcuno vuol vedere?

- Non lo facciamo mica venire qui. Viene lei perchè ha il permesso del professore.

- E quelli realmente ammalati, guariscono con la cura Pasteur?

- Tranne quelli che muoiono, guariscono tutti.

Fulai diede una bellissima mancia alla donna.

Ma andandosene, disse:

- Sentite, la mia brava donna, voi non potreste collocare il mio coniglio in una stanza più bella, con un po' di sole? Capirete, in questo buio, in questa specie di cantina, potrebbe fare un'indisposizione di altro genere, e questa cosa mi darebbe disturbo. Io vi ricompenserò assai bene se tratterete il mio coniglio con tutti i riguardi.

*

Battista la mattina ebbe l'ordine di lasciar correre l'acqua per il rubinetto.

- Macchè, non mi fa nessuna impressione. Io sto benissimo!

E anche a bere Barolo nel cristallo lucido non gli faceva impressione.

«Benissimo! Ma è veramente vergognoso che un uomo che ha sempre avuto coraggio, deva ora avere tanta paura. Ma confronta il tuo caso, - diceva, - con quello di Dante! Tutti contro di lui, che se lo trovavano, te lo bruciavano vivo e senza remissione, e lui contro tutti; e te li scaraventa all'inferno i suoi nemici fra quelle fiamme cantanti, senza paura di nessuna querela per diffamazione; e poi va solo a cercare l'eterno, il nirvana, l'assoluto, Dio, lui, solo! e naviga l'oceano spiritale, con tutte le vele spiegate.»

O voi che siete in piccioletta barca,

Tornate a riveder i vostri lidi!

E gli pareva che Dante mandasse indietro lui, e i suoi Leviathan.

«Allor va tu, che sei saggio e valente, - disse Fulai a Dante, - va tu a cercare Dio. Io ancora preferisco stare qui.»

Oh, andava meglio, molto meglio il professor Fulai; e più il tempo passava, più andava meglio. Quando poi passarono finalmente quegli ottanta giorni, andava benissimo. Egli era tornato un uomo normale come prima: forse un po' più di prima scrupoloso della sua persona, della sua pelle, della pulizia, dell'igiene; ma per il rimanente, uguale a prima. La biblioteca, quella entro la testa, non gli pesava più come una corona di piombo; le schede erano tornate lievi come foglie, appena agitate dall'auretta.

Forse Battista, interrogato, avrebbe potuto rispondere che il signore si era fatto un tantino anche più pedante.

- Ma, Battista, - diceva Fulai con la sua voce in falsetto, - sapete che quei due gatti, sporcano molto per casa? E quel coniglio poi!

Perchè Fulai, animo riconoscente, aveva voluto ricompensare Pipin, il coniglio, della sua gentilezza nel non essersi mai ammalato, in quegli ottanta giorni di passione, che Fulai aveva durato.

Perciò lo aveva sottratto alla certa morte di laboratorio, lo aveva accolto in casa; ma sporcava, come sporcava per casa quello stupido Pipin dai tondi occhi rossi.

- Caro Leviathan, - diceva Fulai all'autore della propedèutica Dante's Urgrossmutter, - creda che non ci vuol molto a diventare come Leopardi. È una storia che le racconterò.

*

Ma sporcava, sporcava quello stupido Pipin dagli occhi rossi.

## CLOROFÒRMIO.

L'operazione a cui la signora contessa aveva deciso di sottoporsi era di tale natura che faceva onore al suo delicato riguardo verso il signor conte.

Non si trattava veramente di una cosa grave; ma piuttosto di un incomodo che forse si sarebbe aggravato con gli anni; che certamente il ferro chirurgico avrebbe estirpato - come assicurava con la sua persuasiva serenità l'illustre professor H...., uno dei più eleganti nostri operatori. Intanto la vita della signora contessa si trovava paralizzata da parecchio tempo fra letto e lettuccio.

Una donnina tutta vivacità, vedersi imprigionata così, era cosa che faceva pena. Tutti i bibelots del suo appartamento ne piangevano.

- Non tanto per me, amico mio, - diceva al marito, - quanto per te, e per il nostro figliuolo, che non voglio abbia davanti agli occhi della sua giovinezza l'immagine di una madre immobilizzata.

Ma il signor conte era un uomo dall'anima trepidante e non riusciva a sopportare il pensiero che sua moglie doveva entrare in una sala operatoria. E dire che i suoi antenati, appesi in anticamera, avevano sopportato quintali di armatura d'acciaio!

Da qualche tempo la bella barba del signor conte non era più così accurata; e un occhio acuto avrebbe potuto scorgere un aumento di fili bianchi. Una forza misteriosa lo portava ad andare in cerca dell'illustre professor H.... e ripetergli ancora la domanda:

- Lei crede, professore, che l'operazione sia assolutamente sicura?

- Assolutamente, salvo complicazioni.

Ma il signor conte era ossessionato dall'idea del clorofòrmio. Vedeva la moglie immobile sotto il clorofòrmio.

- Povero amico mio, - gli diceva la contessa, - tu ti vuoi proprio ammalare. Non basta che sia ammalata io?

*

Aveva voluto lui accompagnare la contessa alla casa di salute.

Quando la contessa fu portata di là, lui si era abbattuto su di una poltrona, con la destra aveva sbottonato gli abiti sul petto; aveva cercato le sue carni, e si sforzava di far penetrare le unghie nelle carni per soffocare con quel dolore l'altro dolore.

Il tempo passava. Non resse più. Una forza irresistibile lo aveva trascinato sino all'anticamera della sala operatoria.

Una sovraeccitazione del senso auditivo gli aveva fatto percepire, nel silenzio che grandeggiava di là, lo strazio di un grido di morte.

Nulla! Il silenzio era dietro quei muri.

Allora un'allucinazione strana, incredibile, era sopravvenuta: al di là delle pareti impenetrabili, qualcuno rideva.

Ma poi due inservienti della casa lo avevano trascinato via, lontano.

*

Dopo alcune ore dall'operazione, il professor H.... entrò a visitare l'inferma.

Vicino al capezzale sedeva il marito, sedeva in silenzio; e ogni tanto accostava le sue labbra, religiosamente quasi, ad una piccola mano che si disegnava immobile fuori dalle coperte.

- Tutto bene, tutto perfettamente, - disse il professore. - Non avremo nemmeno una elevazione di temperatura.

- Ma sembra come disfatta, non vede?

- È l'effetto del clorofòrmio, caro signore. È un fenomeno che scomparirà.

- Quel terribile clorofòrmio! - mormorò il conte. - Ne ho avuto l'incubo sul cuore....

- Infatti....

- Perchè? Ci fu pericolo? Fu somministrato in dose eccessiva?

28

- Perfettamente il contrario: forse in dose minore.

- Ha sofferto allora?

- Assolutamente nulla, - e stette lì meditabondo.

- Dio! Dio! A che pensa, dottore?

- Cornèlio, non ti affliggere! - disse dolcemente la contessa.

E il chirurgo sorrise.

*

Ma non era stata allucinazione nemmeno prima.

Nella sala operatoria, nel bagliore bianco e senz'ombra, tre uomini, intonacati di bianco, ridevano attorno ad una donna immobile, in loro balìa.

Il visino di lei, quasi affondato dentro ai capelli neri, aveva accolto un'espressione soave di bimba. Le palpebre, cineree, erano abbassate sul taglio degli occhi; ma un sorriso voluttuoso e languido apparve su le sue labbra, che lievemente mandarono un suono; e in quel silenzio, nettamente, spiccarono queste parole:

- È per darti tutta la felicità, o dolce amore.

- Chi «dolce amore»? - domandò uno degli assistenti.

- Cosa vuoi sapere tu? «Dolce amore!»

- E tuo marito?

Le labbra di lei pispigliavano un incomprensibile suono.

- E tuo marito? - ridomandò ancora il giovane.

Le labbra di lei formarono questo suono:

- Cornèlio Tàcito!

- Si chiama Cornèlio Tàcito tuo marito?

- Molto Cornèlio Tàcito.

I giovani assistenti si mordeano le labbra dal ridere.

- Taci, - esclamò allora con voce concitata il maestro, - taci, dormi, mala femmina troiana.

Le labbra di lei si distesero immobili, come se quel comando l'avesse soggiogata.

Ma il pispiglio delle labbra riprendeva.

- È il mio onore, «troiana»! Oh, guarda qui!

Fu allora che il maestro si impose.

Ella decadde infine totalmente; e non si udì più che il cozzo lieve delle bacinelle, dei ferri, in quella stanza dalla luce abbagliante.

*

- Sentite, ragazzi, - diceva poi il maestro ai due assistenti, - se vi salta in mente di far ancora parlare sotto l'azione del clorofòrmio, vi mando via dalla clinica.

- Ha riso anche lei, professore....

- Sì, sì, va bene, ma un momento; e poi queste sono cose che non hanno importanza. E.... e.... Dove sono i fiammiferi?

## COSE DA MANICÒMIO.

Non so per quale ragione, in quel pomeriggio grigio, - dopo il caffè, - io insistessi, lì a tavola, presso quella buona signora, in una serie di ragionamenti poco opportuni dopo il pranzo.

L'amico M*** lo aveva fatto capire discretamente.

Ma la signora, con la sua dolce cantilena, gli aveva detto:

- Lasciate, M***, se a lui fa piacere, a me non disturba.

- Tutti i gusti son gusti, - aveva risposto l'amico M***. - A me pare che ce ne siano abbastanza di melanconie. Perchè le volete andare a cercare?

E si era allontanato.

*

Due ragazzi rimasero lì a tavola; anzi accesero le sigarette. Certo udivano i suoni delle nostre parole, ma come rumori, come quelli che andava facendo la serva che sparecchiava.

Poi, li vidi assenti anche con la persona. Riapparivano ogni tanto. Nella sala non rimase che Pippo, fanciullo ingordo, occupato a ricercare i gherigli delle noci rimaste nei piatti.

L'argomento non era piacevole: anzi era increscevole. Ma era stato così:

L'amico M*** durante il desinare aveva detto alla signora:

30

- Maria, restate anche a cena.

Ella aveva risposto:

- Impossibile, mio caro. Alle quattro devo essere là. I miei cari ammalati mi aspettano.

- Io non capisco come fai, Maria, - aveva detto uno dei giovani, - a vivere coi matti.

Ella aveva risposto con semplicità:

- Io mi ci trovo bene. E poi non sono matti....

- Volete che telefoni io alla villa che stasera non potete andare? - domandò l'amico M***.

- Non insistete. È impossibile.

La signora era addetta, io non so con quale preciso ufficio, ad una casa privata di cura per le malattie nervose: un'antica villa con un parco; alquanto remota dalla città.

La buona signora Maria aveva un aspetto monacale: belle mani fuori dei polsini, orlati di un merlettino bianco: al collo, una crocettina d'oro: due occhi vivi, un piccolo sorriso, una voce saggia, senza alterazioni.

Fino a poco tempo addietro ella era stata una piccola borghese, una buona massaia, una buona mamma. Poi il cielo si era capovolto sopra la sua testa; e per vivere aveva dovuto accettare quell'impiego melanconico: aveva perduto ogni suo bene, ma non aveva perduto quel suo tranquillo sorriso. Un po' di grigio precoce sui capelli neri segnava il passaggio della tempesta.

Certamente se la signora avesse detto: «Non vi posso più stare fra quei matti», il nostro colloquio non sarebbe avvenuto: ma ella disse: «Io mi ci trovo bene». E forse fu causa il vino, perchè su la tavola era stato posato, come ancora usa in provincia, un fiasco di vino bianco; e l'amico M*** aveva ricolmato spesso il mio bicchiere, dicendo: «Sono tutte uve scelte. Seguita a bollire nel fiasco».

Forse anche un'altra causa: perchè al mattino, nella libreria, mi ero messo a sfogliare quel libro, in bei caratteri grandi, con grande aquila impressa "Germania imperiale" del principe di Bülow. Un libro saggio, pacato, imperiale: un libro che afferma che la Germania ha la saggezza, la volontà, la forza; che la Germania salverà il mondo dalla putredine e dalla follia.

Ma ogni tanto interrompevo la lettura per guardare il ritratto del principe di Bülow, impresso in quel libro, Germania imperiale. Quella testa era un magnifico esemplare dell'umana specie: pacata, bella quasi di una sua giovanile senilità. Ma sotto quella compostezza aulica, ora mi pareva scoprire il lusinghiero sorriso della frode, ora le dure lìnee della ferocia. Eppure - pensavo - anche quest'uomo ha la nozione di Dio!

E quando giunsi alla fine, dove è riportata la sentenza di Fausto: solo colui che s'affatica a conquistare, merita la libertà e la vita, rimasi stupito, e sopra quel libro imperiale mi passò una schiera di savi antichi (v'era Cristo, v'era Francesco d'Assisi) che vollero conquistare senza spada e senza uccisione. Ma poi, in realtà, che cosa hanno conquistato?

*

E in questo punto il commesso della libreria mi aveva interrotto dicendo che era mezzogiorno, ed io mi avviai a casa dell'amico M*** dove ero atteso per il desinare.

*

Una famiglia borghese, alla buona, all'antica: tavola imbandita con le antiche lasagne, col fiasco umile e glorioso, che bolle le bollicine lunghesso il collo sottile. E vi trovai già a tavola - òspite essa pure - quella signora Maria, adetta ad una casa di malati per neurastenia.

Neurastenia! cioè parola che vale a significare debolezza.

E stetti distratto lungo tutto il desinare. Avevo in mente la neurastenia, che vuol dir debolezza, e quel libro che vuol dire forza. «È una malattia la neurastenia o la Bia?»

- No, amico, non mi versi troppo da bere.

*

Come si entrò nell'argomento?

Ah! perchè la signora disse bonariamente:

- Oramai ne so io quanto i medici più bravi, i quali, scusate, non ne san niente neppur loro.

Certamente la signora non diceva queste parole per orgoglio: io credo che non avesse aperto nemmeno una pagina dell'enorme libro delle malattie nervose.

- Anche loro, i medici, - aveva aggiunto, - più dei soliti calmanti, qualche bagno, altro non possono offrire agli infermi.

- Neurastenia, - io dissi, - vuole propriamente significare debolezza di nervi. E vero, signora?

- Così deve essere, - rispose, - perchè una piuma è per loro come un materasso.

32

Io li strapazzo come tanti bambini, e per farli stare contenti, racconto tutte le mie disgrazie e ci faccio la frangia per farli ancora più contenti. «Eppure io - dico ai miei matti - mangio con appetito, vedete? ballo, salto, e quando non ne posso più, dico questa giaculatoria: su da bravi: ditela con me: Vi ringrazio, Signor mio, che le cose non vanno a modo mio. Su da bravi, ballate, saltate.»

- L'imperatore di Germania, - dissi io, - che sopporta tanto ferro, tanti cannoni, non è ammalato di neurastenia.

La signora accolse le mie parole con un sorriso e disse:

- Sarà la malattia contraria....

- Manifestamente, vi sono uomini che non dormono perchè non sostengono l'incubo di una piuma, e vi sono uomini che hanno su di sè monti di cadaveri; eppure dormono, fanno toilettes accurate al mattino con svariate monture.... E gli uni e gli altri sono uomini. La goccia d'acqua su le rose e la goccia d'acqua che sommerge le navi hanno la stessa composizione. Lei crede, signora, che neurastenia sia una malattia?

Quale domanda!

- Ma certo, - disse la signora. - È gente che vede tutto nero; che non può sopportare l'altra gente. Altro che malattia!

- Allora è quello, - diss'io, - che gli antichi chiamavano melanconia, ipocondria, parole oggi disusate, ma che contengono un'imagine di terrore, una specie di paralume funebre contro il sole, una specie di cateratta dell'anima.... «Evidentemente il principe di Bülow così roseo anche all'aspetto - pensavo - vede roseo.»

- Così, infatti, - disse la signora; - e tutta la medicina sta nel rompere quella membrana nera della vita, che si forma continuamente. Ma creda che, invece dei medici e degli infermieri, ci vorrebbe la pazienza dei santi....

- Perchè, - ripresi io allora, - quella imagine nera non vuole staccarsi? È così? Essa dice: io, tenebra, sono vera; e la luce è falsa! E invece di dormire, vanno, vanno, andrebbero sempre, ma senza più orientazione, come un carretto che abbia una ruota sola e giri attorno a se stesso. È così?

(Questa imagine mi era stata data da Pippo. Pippo, dopo avere esplorato tutti i piatti, faceva andare su la tavola un piccolo balocco grottesco a molla; ma aveva la molla guasta e girava storto o indietro.)

Pippo si mise a ridere.

- Evidentemente, signora, i Tedeschi che marciano in linea rettilinea e con passo di parata verso una loro mèta, non soffrono di neurastenia....

Pippo, oltre al carrettino con la molla guasta, aveva messo, lì, sul tavolo, altri balocchi del Natale.

Chi non sa che i balocchi sono portati ai bambini dal Bambin Gesù, a patto che siano saggi ed a modo?

- Ma quanti regali, Pippo, - disse la signora, - ti ha portato il Bambin Gesù per Natale! Ti vuole molto bene il Bambin Gesù....

- Non crede, signora, - insistetti io, - che gli uomini siano come altrettanti bimbi che, per vivere senza annoiarsi, hanno bisogno di molti balocchi, se no si ammàlano di neurastenia?

La guerra e la conquista devono essere un enorme balocco, mandato dal Bambin Gesù. Non possedere più balocchi è la maledizione degli Dei, è l'odio degli Dei. È verissimo, Pippo: è il Bambin Gesù che manda i balocchi agli uomini. La neurastenia è odio degli Dei:

.... ma quando

Venne in odio agli dei Bellerofonte,

Solo e consunto da tristezza errava

Pel campo Aleio l'infelice, e l'orme

Dei viventi fuggia.

Il Kaiser, certo, è sotto la benedizione degli Dei....

- Ma sa che ne dice di stravaganti? - esclamò la signora, affaticata a seguire le mie parole.

- La neurastenia, - dissi, - è una periostite psichica. Lei mi guarda, signora? Senta: quando è distrutto il periostio per effetto di infiammazione, lei sa che si provano dolori atroci alle ossa. Così l'anima ha una sua membrana che la nutre di illusione. Quando questa membrana è distrutta, allora l'anima non ha più il nutrimento dell'illusione. Affare serio, signora! Mi viene in mente la luce materiale. Esiste? Certo se io distruggo la membrana della pupilla, il mondo diventa tenebre e la luce non esiste più. I ciechi degli occhi, però, sono tranquilli e tutt'al più cantano una lor dèbile querimonia. Ma i ciechi dell'illusione non han pace. Strano! E allora anche la conquista della Germania imperiale fa ridere.

La signora mi guardò con una certa dose di spavento.

- Avrei caro, signora, che lei parlasse di queste mie idee al dottore della sua casa di salute; ed anche di Bellerofonte. È intelligente il dottore della sua casa di salute?

- Intelligentissimo.

- Allora gliene parli.

- Parlare al dottor X*** di neurastenia? - disse la signora. - Per carità!

- Perchè?

- Perchè potete parlare di tutto al dottore, fuori che delle malattie....

- Non cura i suoi infermi? Non fa le sue visite?

- Quando si ricorda. Certe mattine arriva alla villa con due occhi infossati, una faccia livida. Io gli dico: Ma dottore, cosa ha fatto stanotte? «Volete sapere?» - dice lui. - «No, no! non voglio saper niente. Piuttosto stia un po' qui lei, c'è questo da fare, da provvedere.» - «Ah sì? Economia, economia, faccia economia» - risponde lui. - «Ci sono i malati che la vogliono.» - «Ma cara, - risponde lui, - non voglio mica diventar matto anch'io!»

- Interessante il dottor X***, - diss'io. - Dunque non conduce affatto una vita ordinata?

- Giuoca, - disse la signora, - tutta la notte. - E, - abbassando pudicamente la voce, - donne!

- Quello che dicevo io: Il dottor X*** è uno che non vuole ammalare, che non vuol perdere il suo periostio psichico. Egli abbraccia le carte e le donne per avere la sensazione di una realtà qualsiasi. Veda: ognuno di noi, per vivere, ha bisogno di abbracciare qualche cosa. Mi guarda con stupore, signora? Il dottore abbraccia le carte e le donnine, il filosofo abbraccia le nuvole, lo strozzino abbraccia i suoi titoli, il Kaiser abbraccia i suoi cadaveri, i proletari abbracciano il sol dell'avvenire: ognuno, per vivere, abbraccia una sua follia; e il neurastenico è precisamente colui che non ha più niente da abbracciare: vive nella morte!

La signora mi guardò con smarrimento profondo:

- E io cosa abbraccio? - mi domandò.

(Mi venne quasi da ridere pensando che suo marito, che ella molto amava, la ha abbandonata con due figli, dopo averle mangiato quel po' di dote che aveva.)

- Lei abbraccia quella lì.

Indicai la crocetta d'oro con Cristo.

- Sa che è un bell'originale, lei?

- Zitta per carità, signora: lei mi vuol far destituire dal mio ufficio di maestro di scuola. Essere originali ist verboten anche in Italia. Mi dica del dottore: mi interessa.

- Un bell'originale, anche lui, il dottore! - disse la signora. - "Ma se lei avesse giudizio, gli dico, con quello che guadagna potrebbe vivere da principe, farsi la sua bella famiglia". Ma da farne? dice lui. Io dico che tutto il giudizio che ha, lo dà ai matti....

- Li cura bene?

- Bene? Basta che lui si presenti e con il solo sguardo li calma. Come fa? Non so. È un fascino. Non parla mica, non ragiona mica! Ma, così! Certe volte mi pare un commediante. Glielo ho detto, sa? Ma lei è un gran commediante, un grande impostore. Ah sì? risponde. Ma non capisce mica.

- È bello?

- Pare un nazzareno: ha due grandi occhi, socchiusi, velati. Ma quando li apre, pare che ci sia dentro una fiamma; e quando impone le mani, pare che abbia come una forza per calmare quel tremore, quell'ansia, quell'angoscia che loro, poverini, hanno di dentro. Io gli dico: Perchè quando lei perde tutti quei soldi al gioco, non è buono di stregare le carte? Ride. Le donne ammalate, poi, gli vanno sotto come cervi alla fontana. Ma dopo un po' che è stato con gli ammalati, vien da me e mi dice: - Vada, vada lei; non voglio mica diventar matto io.

"Dottore, dottoraccio, quel dottoraccio maledetto, quando viene? Oh, se venisse!" e stan lì ad aspettarlo. Aspetta bene! Io credo che non si ricordi nemmeno, in certi giorni, di avere lassù degli ammalati. Chi deve rappezzare poi tutto, sono io, con tante storie, con tante invenzioni. Appena viene glielo dico: O lei fa quello che deve fare, o io me ne vado. Si ricordi che la responsabilità è sua: questa casa è sua, sa? Mettere una povera donna come me in mezzo a tante responsabilità. E poi tutte le bugie che mi fa dire.... Una vergogna! Be'. Se ne ha per male lei? Così se ne ha per male lui.

Domandai che cosa dicesse quel dottore agli infermi.

- Mah? Delle volte dice anche cose da galera.

- Per esempio?

- Per esempio è capace di dire con quelli che stanno meglio: Ma ci crede lei alla cura? Lei è guarito perchè non era ammalato. Capace di dire, lì in sala, quando ne viene uno nuovo: Ecco un altro merlo! Ne vuol sentire una? Nelle finestre alte ci devono essere le inferriate per evitare le disgrazie. Erano due o tre mesi che glielo dicevo: Dottore, faccia mettere le inferriate: può capitare una disgrazia. Badi che ci può andar di mezzo lei. Macchè! C'era allora ricoverata nella villa una povera signora, dico povera benchè avesse non so quanti milioni. Era lei e suo figlio. Non so quante case di salute avessero girato. Lui, il figlio, stava all'hôtel e veniva tutte le mattine: "Come sta la mamma?". "Eh, lo stesso." Faceva un giro sui tacchi, lui e il suo avana. E il giorno dopo era ancora su, in automobile: Come sta la mamma? E dietro-front. Un giovanottone grosso, sempre inappuntabile nel vestito, che non rideva mai, che parlava mezzo forastiero. Impossibile capire cosa avesse di dentro.

- Ma non si vedevano madre e figlio? - domandai.

- Qualche volta, ma di rado. Lei, intanto, era oramai impassibile a tutto; e lui, lui forse aveva finito coll'abituarsi. Tirava fuori dei gran chèques, come niente fosse. Pareva un po' stupido: ma oramai aveva cominciato a capire l'andamento della casa, e brontolava contro il dottore. Io avevo un bel dire, io, in difesa del dottore. Faceva certi Uhm! di cattivo augurio. Ma magari me la avessero portata via quella donna.... Ci volevano altro che chèques! Ci volevano i santi. Non c'ero che io capace di resistere con lei.

- Perchè?

- Perchè era una disperazione.

- Cioè?

- Aveva la paura di morire.

*

Ed allora sentii, nel silenzio che seguì a quelle parole della signora, la voce allegra di uno dei due giovanotti che inavvertitamente si era accostato a noi, dire:

- Oh, che matta!

Io lo guardai stranamente.

Egli mi guardò alla sua volta meravigliando del mio sguardo e disse:

- Vorrei io avere i suoi milioni!

Guardai ancora quel giovane, e mi venne a mente Leonardo da Vinci quando paragona gli uomini volgari a un sacco dove si riceva cibo e donde esca.

- Ragazzo mio, - disse la signora, - tutti i milioni non contano niente in certi casi.

- Li vorrei aver io, - disse lui.

- Perchè tu non sei ammalato, - disse la signora.

(Io guardai quel giovane che agli occhi di tutti era sano. Pensai al Kaiser che è sano e spinge milioni di uomini alla morte.)

La signora disse a me:

- Tutto il giorno, tutta la notte era questa solfa: domani muoio, domani sono morta. Voglio la luce, voglio la luce, voglio il sole, il sole. Abbiamo fatto mettere delle lampade ad arco. Macchè! Voleva il sole. Quando si alza questo sole? Come fare a far alzar il sole? Voglio la primavera, i fiori. I soldi che abbiamo speso in fiori! Ma appena li vedeva, diceva che erano per farle il mortorio. E fuggiva con orrore. Sa che a volte io piangevo dalla disperazione? E dirle: ma riposi un po', signora. Si metta un po' quieta. Così non capisce che si rovina la salute sul serio? Macchè! Macchè! Sempre quel ragionamento: domani sarò morta. Tutti, signora, - le dicevo, - domani possiamo essere morti, io come lei, eppure io dormo, io mangio, io penso a tante altre cose. "Perchè lei è pazza!" mi rispondeva lei.

- E il dottore? - domandai.

- Niente. Le dia delle pillole di morfina. Pensi che lei stava attenta, che sentiva attraverso i muri. Voi, lo so: mi volete avvelenare. Ma no, signora! Ma se ho inteso io! Una disperazione! Farle fare un bagno, farle mutare di biancheria era una battaglia. Perchè? Ah, mi volete lavare perchè domani mi volete seppellire. Lo so. Ho inteso. Veniva il domani. Vede che non è morta, signora? Imperterrita: Domani! Un giorno, per nostro consiglio, lui, il figlio, condusse su una sarta per farle prendere la misura di una «toilette» per quando sarebbe guarita. Cominciò a dare in ismanie. Era la veste per la bara. La sarta scappò via. Appena andata via, Vedete, - diceva, - che facevate apposta? che sapete anche voi che domani devo morire. Telefonata di urgenza. Torna su la sarta. Prende la misura. Dopo due giorni, porta una magnifica «toilette». Ma poi, invece di vederla vestita, la vedo tutta occupata a tagliare a pezzettini il vestito.

Una mattina non la trovo nella sua camera. Mi viene un convulso anche a me: come un presentimento. Cerco, domando. Nessuno l'ha vista. Corro, giro tutta la casa: niente! Mi viene un pensiero: vado e vedo la porta della scaletta, che mena agli abbaini, aperta. Chi ha lasciata la porta aperta? Dopo un po' che sono lì su la scala, che mi treman le gambe, sento qualche cosa come un ciac! enorme. Poi più nulla. Qualcosa è caduto dall'alto. Quel ciac mi si fa grande, grande: lo sento ancora. Sento grida. Vengono a chiamarmi: Mio Dio! ah, Madonna! la matta si è precipitata dall'ultimo piano. L'inferriata! Ma è da un anno, da un anno che io dico al dottore, voi potete testimoniare: alle finestre alte bisognava mettere le inferriate. Vedo la signora distesa sul pavimento di marmo davanti alla villa. Qualche ultimo tremito, qualche goccia di sangue qua e là. Presto, presto, - dico, - avvenga quel che vuole avvenire. Ma via quel corpo di lì. Per gli altri ammalati, capisce? per la gente che arriva. Vado al telefono: Presto, presto, dottore. Non posso spiegare. Mando un infermiere giù in bicicletta. Lascio appena il telefono, che sento un'automobile che arriva. È lui, il figlio. Lo trovo lì, come di solito, davanti alla villa, col suo sigaro in bocca, che andava tranquillo su e giù. «Come sta la mamma?» Io non so più cosa è nato, cosa ho detto, quanto tempo è passato. Ho provato a mentire: «Dorme.» «Non è vero, - mi risponde, - la voglio vedere.» Noti che non diceva mai così. «Non si può» dico io. «Allora, - dice lui, - è successa una disgrazia.» Pareva che lo sapesse. Quella figura di imbecille mi faceva pietà. Ad un tratto si scaricò come un automa che ha dentro una molla serrata che si disserra: «La mamma, la mamma, la voglio vedere, voglio vederla. Voglio condurla via. Farabutti, farabutti tutti. Anche lei! È tutto un imbroglio qui, lei, il dottore. Verrò su coi giudici. Vi farò mettere in galera.» «Farà quello che vuole! Ma adesso venga via di qui» ho gridato. Soffocavo, capisce? «Ma non cammini qui, ma non vede?» E lo portai via di lì, dove camminava. Allora guardò: divenne pallido. Lui camminava sul sangue di sua madre. Poi istintivamente guardò lassù dove c'era l'occhio nero spalancato della finestra. Io non ebbi la forza di guardare e chinai la testa: sì. Rimanemmo tutti e due così.

In quel punto, di corsa, su per la scalinata, veniva il dottore. Ecco, ecco! vedevo delinearsi una scena terribile fra quei due uomini. Stetti un momento immobile. Attesi. Macchè! Il dottore X***, appena messo il piede su la terrazza, si fermò. Aprì le pupille, ravvolse il giovine d'uno sguardo che non dimenticherò mai: poi mandò un grido: Ah! povero ragazzo! Ah! figlio, figlio mio! Accusami, colpiscimi, puniscimi! E si precipitò fra le sue braccia. «Le inferriate?» No, ragazzo. Ma anche con la inferriata doveva succedere così. Tua madre non poteva più uccidere il tempo; e quando noi non possiamo più uccidere il tempo, allora è il tempo che uccide....

- Disse così, il dottore? - interruppi.

- Sì, mi pare che dicesse così.

- Quello che dicevo io presso a poco, signora, - dissi.

La signora mi guardò con stupore.

*

- E come è andata a finire? - domandai.

- In niente! Il dottore ha donne per ogni cantone. Gliene ha ceduta una, due, chi sa? perchè colui con tutti i suoi milioni era un timido. Poi credo che l'abbia condotto a giocare.

*

Ripensavo ancora al libro del Bülow: si tratta di balocchi, di costellazioni, di dar della morfina, come dice il dottore; di dar dell'etere ai popoli....

## VERBI TRANSITIVI E VERBI INTRANSITIVI.

- Teodoro Ravelli, anzi Ravelli Teodoro, in piedi! Io non so, io mi domando che cosa volete far voi nella vita! Voi ignorate chi furono gli Atridi. Voi confondete il nominativo con l'accusativo. Voi non arriverete mai a capire che il verbo transitivo è quel verbo che passa mentre, viceversa, l'intransitivo non passa. Ah, Ravelli! E nelle altre materie siete un ignorante come nella mia. La signora professoressa di francese si metterebbe le mani nei capelli (se li avesse), il professore di geografia all'udire il vostro nome, scappa a braccia levate (che pare una figura di giornale umoristico). Ma come si fa a vivere, come si fa ad essere giunti sino alla vostra età, grande e grosso come un tulipano, e non essere capace di contraddistinguere un verbo transitivo da un verbo intransitivo? E non fare mai niente! Ah, lo so! Lei, Ravelli, non ha mai fatto niente, fuor che giacere nel voluttabro dell'ozio; ed è questa appunto la cosa grave. Mi dica, che cosa è capace di fare lei? Niente!

Ed allora Teodoro Ravelli, quell'impertinente scolaro, presentava un pochino anche lui, ad imitazione del professore, le palme delle mani, allungava il labbro come a ripetere: «Niente! Che cosa sono capace io di fare? Niente!».

Capite anche che sfrontatezza? Ma è prudente non rilevare codesta cosa. E il professore ripigliava il sentiero della cattedra, fra i banchi: ed ecco un plaf! dietro le sue spalle.

Che cosa era stato? Era stato quell'idiota di Ravelli che aveva applicato clamorosamente un àlapa, per dirla in latino, un lattone, per dirla in toscano; uno scappellotto, insomma, sul capo del suo compagno vicino.

- Ravelli, Ravelli, vi ho visto. Foste voi!

- Sì, fui io, quel desso. Ho dato uno scuffiotto a questo qui ma ero nel mio diritto. Ma com'è? Mi chiama Ravanelli, e non devo rispondere con uno scuffiotto?

- Il diritto il diritto! Ma sa lei che se io volessi applicare tutto il mio diritto, dovrei convocare contro di lei il consiglio dei professori?

La scolaresca rideva, con grave scandalo, alle parole scuffiotto e Ravanelli, e quetate le risa, si sentiva il borbottare iroso dello scolaro Ravelli che diceva al compagno:

- Scuffiotto o scappellotto per mì l'è istess, basta che te l'abbia daa!

- Non ha, non ha il concetto, quel povero ragazzo, di quel che è la scuola! - concludeva il professore con abbondevole compatimento.

*

Ora avvenne che un po' per volta Ravelli non rispose più alla chiama. Lodato sia il cielo!

Venne un po' ad intervalli. Poi scomparve del tutto.

Ah, quale beneficio!

- Che ne è di quello sciagurato? - domandava il professore. - Ne sapete voi, ragazzi, qualche cosa?

- Dicono che gli è morto il babbo, che non seguita più gli studi, che è andato in Isvizzera.

«Ma poveri figliuoli - pensava il buon professore dei verbi transitivi e dei verbi intransitivi - , ridono, scherzano: ed anche per loro la morte scende con le sue unghie adunche. Illacrimabile Pluto!»

*

Se non che quando venne l'autunno, il buon professore si trovò nella necessità di andare al gran mercato dell'uva: faccenda del tutto nuova per lui. Ma è che la signora del professore soffriva di bruciori allo stomaco. Tutta colpa di quei vinacci affatturati, che si comprano da' vinai. E senza un goccio di vino non pare nemmeno di mangiare! Vi sono - è vero - i vini da bottiglia che sono più sinceri; ma hanno due difetti: intanto sono troppo liquorosi, e poi quando la bottiglia è sturata, invece di bastare tre dì, come basterebbe, non basta per una volta sola perchè, e un gocciolino e un goccettino, il professore va sino al fondo, e poi si lamenta: «Ma tutto questo vino chi lo beve?».

- Ah, poter avere, - sospirava la signora, - quei vinelli leggeri, quei mezzi vini che usano dalle nostre parti, con quel frizzantino e quel saporino d'uva! E ti farebbe bene pure a te, chè a bere quei vinacci, ti vengono fuori le macchie sul volto; e poi l'arteriosclerosi. Ci pensi tu mai?

Ora avvenne che una mattina - in sui primi di ottobre - egli disse:

- Moglie mia, mi è venuta un'idea che ti parrà forse strana, ma è luminosa; facciamo noi un po' di vino in casa. I grappoli d'uva, che qui si vèndono, non saranno - vorrei credere - affatturati! Io (pensò) berrò il vino puro, merum! e tu berrai il mezzo vino, ovvero vinello.

Eccellente idea!

Ma quando si trattò di metterla in pratica, molte difficoltà si presentarono. Il vino si fa con l'uva e su questo il professore non aveva dubbi. Anche trovare un tino, un bigoncio, una pèvera non fu difficile. Anche il pigiatore fu trovato nella persona del portinaio, che assicurò la più scrupolosa abluzione delle sue estremità inferiori. Ma e l'uva? Dove si compra all'ingrosso? Chi è il più onesto mercante? e quanto costa? e il peso? e la tara? e il trasporto?

Al professore parve più facile avere a fare con gli Atridi che con tutte queste cose.

I fruttaiuoli a cui ne richiese, lo guardavano di mal occhio, e, o non davano risposta o davano vaghe ambigue risposte, come se lui, comperando un po' d'uva all'ingrosso, volesse danneggiarli o rubar loro il mestiere.

- Vuol fare il vino con l'uva? - domandavano.

Andò anche da un vinaio suo conoscente. Oh, che gli saltava in mente di fare il vino in casa? Un impazzimento. E i vinai che ci stanno a fare?

Insomma il vinaio lo accolse come lui avrebbe accolto il vinaio se questi fosse venuto da lui a dirgli: «Io voglio far scuola e spiegare chi sono gli Atridi e chi sono i verbi transitivi».

Questo trovare le porte chiuse alle sue oneste domande, gli infuse non poca malinconia; non tanto per il ritardo che veniva a subire il suo vino: il suo vino era deciso! a costo di comperare l'uva dai fruttaiuoli a cinquanta centesimi il chilo, volta per volta, e portarsela a casa, il vino ed il mezzo vino - ripeto - erano decisi! ma perchè, ben considerando, trovava che il mondo era dolorosamente chiuso. «Viviamo in democrazia, siamo tutti fratelli, siamo tutti federati, eppure ecco che siamo ancora divisi in caste! I fruttaiuoli non svelano che ai fruttaiuoli il loro mercantile segreto. Il salumaio confida i misteri delle sue manipolazioni ai salumieri soltanto. Il medico non confida la verità della sua ignoranza che al medico collega, il professore non isvela la inutilità della sua opera se non al professore; il prete vende indulgenze, ma lui non ne compra.

Oh, reo mondo, chiuso e crudele!»

*

Ebbe un'altra idea luminosa: "Ma esiste il bollettino dei prezzi dell'uva: io mi atterrò scrupolosamente al bollettino e così sarò a posto".

- Faccia presto, - gli disse uno dei fruttaiuoli, meno brigante, al quale aveva confidato i suoi propositi igienici ed enologici, - le uve aumentano.

E il professore andò al mercato, dunque. Ed era una bella mattina di ottobre.

*

Non c'era mai stato al mercato. Una cosa sbalorditiva, enorme: tettoie, botteghe, magazzini, folla, urti, carri, carretti, furia, bestemmie. Un macchinario enorme formato di umanità in movimento. Povero professore! Oh, come era più tranquilla la più tumultuosa delle scuole!

Gli parve di essere come una festuca che si accosti ad una spaventosa motrice in gran movimento: soffia e butta via la festuca.

Anche lui fu soffiato via dalla folla.

E poi quel dialetto! Tutti parlavano in dialetto. E poi macchè dialetto! Gergo!

"A che valgano le scuole, almeno di italiano?» pensava il professore. E pensava anche: «Dove trovare una faccia da cristiano a cui fare questo discorso: Signore, io avrei intenzione di fare acquisto di una certa partita di uva, matura e sana, ancorchè non da tavola, la quale però fosse a convenevole prezzo, allo scopo, ecc. ecc.».

Tutte facce convulse, congestionate, tutta gente che si intendeva ad urli, a mimica, ad improperi. Ed era tardi: le otto. Alle dieci - gli avevan detto - il mercato è finito.

Potè accostarsi ad una faccia un po' civile - che gli fu indicata come mercante di uve, - ma fu dialogo breve:

- Quanti vagoni....?

- A me veramente basterebbe una piccola partita....

- Non lavoro in piccole partite.

E il professore vide le spalle e non più la faccia di quel despota del mercato, dal parlare laconico.

Trovò un altro che lavorava in piccole partite. Si degnò di ascoltarlo; ma quando si venne alla merce, non permise nessun esame della merce. Garantiva lui e basta.

Egli voleva persuaderlo, con assennato discorso, che «garantiva lui e basta» implicava un eccesso di fiducia che egli sarebbe stato ben lieto di concedere; ma che certamente lui stesso, il mercante, non avrebbe alla sua volta concesso. Ma colui non volle nemmeno udire il principio di questo assennato e logico ragionamento, perchè disse: - Non ho tempo di sentire le sue chiacchiere.

Villano! Ma un pensiero più increscioso gli si insinuò: "i suoi logici e assennati ragionamenti, classificati sotto il titolo commerciale di chiacchiere!".

In quel momento il buon professore provò per la prima volta uno struggimento quasi affettuoso, per il Governo o Stato o Nazione o Italia o comunque si nomini quell'Ente provvidenziale che lo pagava per i suoi logici e assennati ragionamenti di tre ore al giorno: senza contare le classi aggiunte.

Con un altro venditore che aveva una distesa magnifica di bellissima uva, grossa, ambrata, disposta in cestelli ornatissimi, che pareva dipinta, quasi attaccò lite.

Lui s'era accostato e, pian pianino, aveva spiccato un acino per assaggiarlo...

- Giù quella mano!

- Ma un chicco!

- Macchè chicco o checca! Giù le mani, dico! Tutto il paniere mi ha guastato quello lì.

E tutti lo guardavano bieco come fosse stato un ladrùncolo. Si fece piccino piccino e sgattaiolò dalla folla.

Lui, professore, e quasi cavaliere, essere chiamato «quello lì».

Da un altro con cui era venuto a mezzo contratto, per ciò che concerne la merce, quando si venne al prezzo, e lui il professore tirò fuori il bollettino, si sentì rispondere con un tono che non ammetteva repliche: - Il bollettino me lo faccio io!

*

Che camorra, che gente, che mondo! Oh molto meglio avere a che fare con gli Atridi.

«Uva non se ne compera» gli diceva una voce interiore.

Ma c'era una voce anche più interna che diceva: «Professore esimio, tu che tanto improperasti il Governo, dimmi dimmi, di grazia, come ti guadagneresti la vita, se non ci fosse il Governo?».

*

- Professore, cosa fa lei qui?

Il professore che si era sprofondato in quel molto spaventoso pensiero, quando si udì chiamare così fra quella folla nemica e sconosciuta, trasalì.

Un giovanetto con una bella faccia rosea, allegra, capellatura bionda, sigaretta in bocca, vestito a lutto, era davanti a lui.

- Lei è? lei è....?

- Ravelli.

- Ah, bravo, Ravelli. Ora mi ricordo. Cosa fa lei qui?

- Il mio mestiere, - rispose Ravelli, che era quel desso, - e lei?

- Così, passeggio un poco, mi diverto.

- Bel mercato, eh? - esclamò Ravelli.

- Oh, bello. E lei quale mestiere fa, giovanotto mio?

Ravelli spiegò. Suo babbo era mercante in agrumi e in salse di pomodoro. Era morto da un anno e lui continuava l'azienda. Parlò di agrumi, di salse. Piramidi di salse; treni di agrumi; Germania, Svizzera, Palermo, Parma; qualità degli agrumi; difetti dei limoni; limoni senza pidocchi che vanno all'estero, limoni coi pidocchi che restano in Italia; prezzi, contratti, pagamenti a tratta, a pronta, e prontissima cassa. Tutta questa erudizione Ravelli collocò davanti al professore, con grande eloquenza. Un'erudizione che sbalordì il professore.

- E lei, - azzardò a dire l'esimio professore, - non si intende che di limoni e di pomodori? E dell'uva non se ne intende?

Ma si intendeva anche dell'uva!

E allora il professore spiegò:

- Ecco, veda, mio caro; mia moglie soffre di piròsi, ecc.: qui il vino è tutto fatturato, ecc., ecc., io vorrei, ecc.

Quell'asino di Ravelli capì a volo, senza che lui nemmeno terminasse.

- Lei vuol fare il vino in casa.

- Sì, così, un pochino per prova, per isvago.

"È intuitivo questo ragazzo!" pensò il professore.

- Venga con me - disse Ravelli.

- Non che io, badi Ravelli, - dicea seguendolo tra la folla, - mi sia messo a fare il mercante di vino, sa! Ma la mia signora, ecc.; i vinai, ecc.

Tic, tac! Bisognava vederlo quel ragazzo, che sicurezza! Rompeva la folla, parlava in gergo, in dialetto, a mimica; insolentiva senza paura.

Ma quando il professore s'accorse che Ravelli era da tutti conosciuto, e a lui si rispondeva bene, e con lui si trattava alla pari, disse:

- Mi rimetto a lei, caro Ravelli.

- Quanti quintali? Cinque? sei?...

- Sei! Cinque! quello che vuole lei.

In mezz'ora cinque quintali d'uva della più bella, della più matura, e bianca e nera, disposta in bei cestelli, erano già controllati, pesati, messi sur un carro: coperti di tela cerata fissata con buona corda: se no ghe la porten via, professor! Una frustata al cavallo, quattro frasi secche al conduttore, indirizzo, presto e via.

*

Non rimaneva che pagare. Oh, come volentieri pagò! Un convenientissimo prezzo. E tutta uva perfetta, tanto sopra come in fondo ai cestelli.

Ah, miracoloso Ravelli....

Pare impossibile! Così cretino, e tanto ingegno!

- Professore, - disse Ravelli, sottraendosi ai ringraziamenti, con cara cortesia, - mi cavi una curiosità.

- Ma subito.

- I verbi transitivi sono quelli che passano o che non passano?

## NAVIGARE!

Era la settimana di Pasqua, ed io camminavo lungo la riva del mare per ubbidire ai consigli dei medici, i quali mi avevano detto di vivere in solitudine e di non leggere più libri e giornali che parlassero della guerra, se volevo evitare irrimediabili perturbazioni. «La guerra per cui i padri seppelliscono i figli!» - dicevo io agli uomini dotti della città.

Ma essi rispondèvano alle mie parole, placidamente così: «Il dolore è un benefico nume, e da questa incommensurabile morte nascerà la incommensurabile resurrezione».

Le mie parole, infatti, erano antiche: le aveva proferite inutilmente Erodoto ventitrè secoli fa; e gli insensati non ricordano più!

Perciò abbandonai la città e cercai rifugio presso la riva del mare.

Senonchè la mia infermità popolava la stessa solitùdine del mare, perchè lentamente, su lo sfondo azzurro del mare, io vedevo svolgersi una cavalcata tetra e senza fine. Erano i potenti del mondo; e la diversità del vestito per cui noi distinguiamo le età, non era più percepita dagli infermi miei sensi. V'era il bell'Alessandro con la corazza d'oro. Si pavoneggiava levando alta la spada da cui pendeva il da lui reciso nodo gordiano. Aristotele, il gran precettore, additava con fine sorriso quel giovinetto re al filosofo Hegel in redingote.

46

Costui ammiccava: Sehr gut! V'era il Kaiser teutonico che profilava lo stile del cappotto prussiano sopra l'ispido cavallo di Attila. San Domenico spiccava nella maestà bianco-nera sopra le tiare gemmate dei sacerdoti di Moloc; il generale dei gesuiti disegnava il profilo suo lugubre e la sua bianca chinea sopra il serpente verde.

Sopra quelle teste coronate si snodava la nudità di Elena, dalla gran chioma.

I dottori della legge incedevano in toga; i re dell'oro, dell'acciaio, delle carni suine, incedèvano in frac. Voltaire si trascinava al guinzàglio un cagnolino: Càndido. V'era il cavallo di Caligola; e v'era l'asino del re Demos, dopo il quale seguivano i rappresentanti del popolo: cravatte rosse.

Le grandi belve che sono sìmboli dei re, marciavano al passo coi re. Zìvio! Hoch! Hurrà! «Come sta vostra maestà? Permette che mangi un po' di vostra maestà consubrina?» V'erano i druidi sacrificatori; v'erano i filòsofi sacrificatori. «Noi sacrifichiamo a Giove, noi sacrifichiamo a Votan, noi sacrifichiamo alla Civiltà: la strage è l'igiene del mondo!» Mercurio, il progresso, marciava nudo avanti. Clio, la storia, marciava col peplo, in coda: in coda alla Storia gran treno di cancellieri, di notari; e il coro dei poeti. La figura della Storia era tragica; l'ombra che proiettava, era còmica. La Follia veniva in fine alla gran cavalcata. Ma essa puntava il dito contro di me. Figgeva i bianchi occhi contro di me.

Io ero solo su la riva del mare.

Camminavo lungo la riva del mare in cerca di pace. Era la settimana pasquale di pace. Domani era il giorno della resurrezione dell'Uomo che venne a dir pace e non disse: «Il mio Dio è una spada». Ma Cristo era solo! Era il sabato di Pasqua. Ma anche Cristo proiettava la sua ombra irònica: Ego sum agnus Dei qui tollit peccata mundi, ed io sentivo il lamento degli agnelli sgozzati in quel giorno pel banchetto della domane.

*

Non troverò io qui una creatura umana con cui parlare e sentire una voce diversa dalla mia voce?

Finalmente, oh ecco un uomo!

Era un pescatore, il quale si stava con la schiena appoggiata ad una barca tirata a secco alla riva. Accomodava con un suo aspo, tranquillamente, le maglie di una gran sciàbica. Era una vecchia testa con la barba rigonfia di bioccoli ancor neri di fortitudine. Pareva la testa dei buoni re Melchiorre, Gasparre, Baldassarre, come li ricordavo nell'oro del mosàico di Sant'Apollinare.

- Vuole imparare a far la rete? - domandò colui, scosso all'ombra della mia persona. - Adesso che non si va più in mare a pescare, - riprese, - accomodiamo le reti per quando potremo andare in mare.

- Fortunati i pesci intanto, - dissi, - che vìvono in pace.

- Si mangiano tra loro, lo stesso.

- Come gli uomini, allora.

Non sorrise nè meravigliò della mia osservazione: la corresse soltanto dicendo placidamente:

- I pesci di una generazione però non mangiano i pesci della stessa generazione.

- Ad ogni modo, - dissi, - dopo la guerra, chi avrà salva la vita ritornerà a pescare, ed allora vi rifarete del danno.

- Ma il danno delle barche non lo conta lei?

- Ma le vostre barche intanto riposano. Beate le barche! Esse sono in pace. Di che danno parlate voi?

- Ma sono dòdici mesi, non sa lei, mio signore, - disse, - che le barche non navigano più....

- Sarà un male per i padroni delle barche, ne convengo, amico; ma per le barche è un bene. Esse stanno in pace nel porto.

Il pescatore crollò la testa e rispose:

- Le barche vecchie sono ormai tutte andate in malora, e le barche nuove bisognerà rimetterle in squero. Se basterà!

- Ma se stanno nel porto!

- Ben, perchè stanno nel porto! - disse. - Il sole le slama per di sopra, e l'acqua le guasta di sotto. Tutta la chìglia ha un'erba lunga come le biscie, e nel legno ci fanno il nido i vermini e lo bùcano come un crivello. Le navi non possono star ferme nel porto! La nave quando è fatta deve navigare!

- Tiratela a secco, - dissi tuttavia.

- Lei ci faccia allora una campana di vetro.

- Portate le barche nell'acqua dolce.

- È ben l'acqua dolce del porto che fa crescere i vermini. La nave deve navigare nel mare. È il suo destino così.

Così disse il pescatore.

- Volete voi dire, - dissi, - che così avviene anche all'uomo?

*

Varato dall'ùtero della donna, è necessario all'uomo come alla nave navigare? Per tempesta o per sereno, è necessario all'uomo navigare per l'amaro mare. Questa forse è la legge; e tutti noi ubbidiamo all'inesorabile necessità della nostra natura. Pensavo a Cristo.

Egli innalzò il trionfal vessillo sopra la inesorabile natura, e perciò vinse la morte; ma gli uomini lo hanno trafitto ed ucciso. E vedevo, nella visione sul mare, i preti che lo seguivano salmodiando.

## IL TELEGRAMMA.

Appena aperto il giornale, mi saltò agli occhi questo annunzio: morte del ragioniere Eliodoro Marcoleni.

Eh?

Non era un'omonimia. Era proprio Eliodoro Marcoleni; o, come scriveva lui, Marcoleni ragionier Eliodoro, di anni quaranta, uno dei più stimati professionisti, come diceva il giornale, benvoluto da tutti, cittadino egregio, marito esemplare, ecc., ecc., e condoglianze profonde alla vedova.

«In tale caso, - esclamai, - non è più vivo, ma è morto;» e questa esclamazione era motivata perchè, da qualche tempo, non riesco più a stabilire una esatta linea di separazione tra uomini vivi e uomini morti: «Uomini vivi - voi tutto mi insegnate - sono quelli che si alzano, si vestono, mangiano, ridono, piangono, fanno affari, si spogliano, vanno a letto, ecc., uomini morti quelli che non compiono più nessuna di queste operazioni". Lo so: ma non mi basta: "Vivi sono quelli che esprimono con energia la loro vita, che fanno sentire che sono vivi". Lo so; come mia moglie, ad esempio: ma non basta.

- Tuttavia, - dissi con fronte bassa, - povero Eliodoro! uomo quasi felice, con tutte le sue carte in ordine, il suo stomaco in ordine, la moglie in ordine: un buon uomo amabilmente gravacciuolo, che sorrideva coi denti bianchi, sotto i suoi baffetti biondi: un uomo prudentemente bilanciato nelle opinioni, e che se poteva farvi un piacere, non diceva di no.

Deve essere morto d'improvviso, forse senza accorgersene; forse per visitationem Dei. Ma le sue carte, ad ogni modo erano in ordine.

*

Noi eravamo stati in una certa dimestichezza, o anche amicizia, molti, molti anni addietro.

49

Però quando lui si innamorò, come si innamorò, della bella donna che poi sposò; quando con aria di superiorità mise in non cale il mio disinteressato consiglio di non prendere moglie; quando dopo avere sposata quella pupàttola, fu più innamorato di prima; quando lo vidi occupato dietro quella moglie, «Rosina, lo sciallettino, Rosina, hai dimenticato il crayon per l'emicrania....» (quella moglie che si lasciava servire come dicesse: «Che cosa è un marito? È un cameriere che non si paga»); quando poi mia moglie - (perchè io ho preceduto Eliodoro Marcoleni in questa operazione del matrimonio) - mi diceva: «Marcoleni! quello, sì, è un perfetto gentiluomo, un vero marito», ebbene, da quel tempo le mie relazioni col ragionier Eliodoro Marcoleni furono ridotte a semplici relazioni di buon vicinato.

*

Spesso però ci venivano a trovare. Ma non per me: per mia moglie.

Lei, la signora Marcoleni, avanti, lui dietro, con i servizi logistici: ombrello, fiori, scialletto, cagnolino! Lei, ogni anno, più pomposa, più voluminosa, più pàpera: lui ogni anno più innamorato, più felice, più lacchè.

La signora Marcoleni parlava anche: anzi aveva una sua signorilità matronale di loquela. Di che parlasse non so, perchè io avevo l'abitudine di ritirarmi appena potevo farlo decentemente, ma ricordo molto bene che parlava.

Parlava delle sue carni bianche, delle paste per i suoi denti bianchi, dei condimenti per i suoi capelli neri, della sarta, delle stoffe, della modista, delle amiche, degli amici delle amiche, ecc.

Poi parlava del suo Eliodoro. «Sempre senza figli?» «Sì, sempre senza figli!» ma, povero Eliodoro!, in educazione fisica era degno di promozione, quando si fa tutto il proprio dovere. In condotta, poi, dieci con lode; e nelle altre materie, molto bene: tutti otto e nove. «Per il mio onomàstico mi ha comperato questo salta in petto di perle; per Pasqua siamo andati a Firenze (e la signora Marcoleni osa imperterrita descrivere la galleria degli Uffizi). Quest'inverno il mio Eliodoro mi ha messo il thermosiphon! Eliodoro mi ha messo il gabinetto di toilette. (Descrizione del gabinetto.) Ah sì, non mi posso lamentare.»

«Felice lei!» esclama con voce patetica mia moglie.

Eliodoro Marcoleni sorrideva beato. Promozione ogni anno con lode.

*

Ma io so che cosa vogliono dire le visite

della signora Marcoleni con la esposizione dello specchietto dei punti del ragionier Marcoleni; io so quale procella si forma, poi, ogni volta che mia moglie fa la voce patetica!

E perciò io taccio. La lunga esperienza mi ha provato che il tacere o per lo meno il ridurre le parole al numero delle parole indispensabili, è il sistema migliore per abbreviare il periodo ciclonico.

Povera moglie mia! È buona, ma è ciclònica. Inoltre mia moglie odia la filosofia, o almeno la mia filosofia. La mia filosofia si va sempre più accentuando in questo senso: semplificare la vita. La filosofia di mia moglie, invece è un'altra: complicare la vita.

Mia moglie, quando usa espressioni gentili a mio riguardo, dice: imbecille, stupido, cretino. È un omaggio reso alla mia intelligenza. E siccome i fatti si incaricano di darmi ragione, così io dico sempre, quando converso con altri: imbecille, stupido, cretino, come dice mia moglie. Questa cosa la esaspera in modo atroce, e a me fa piacere. Dice: lo dico a te, ma non mica perchè tu lo deva andare a dire. Ed io dico: stupido, imbecille, cretino, come dice mia moglie, che non vorrebbe che lo dicessi. Ma se è la verità, - dico a mia moglie, - perchè devo nascondere la verità? Perchè devo temere il ridicolo?

E benchè - dopo aver letto l'annunzio funebre - provassi una certa tristezza nel ripetere Marcoleni era, Marcoleni sorrideva, invece di Marcoleni è, Marcoleni sorride, tacqui. Non dissi: «Sai, moglie mia, quel povero Marcoleni è morto. Forse, morto per uno sforzo di educazione fisica». Tacqui.

*

Ma quando fu sera - e io ero nel mio studio - ecco la porta si spalanca: entra mia moglie atterrita, col giornale in mano ed esclama:

- Hai letto?

- Cosa?

- Eliodoro Marcoleni è morto.

- Be'? E se è morto?

Un uomo che è morto, è come un uomo che ha fatto colazione, che ha dormito, che ha fatto una passeggiata, insomma come uno che ha adempiuto una delle sue funzioni organiche: probabilmente l'ultima. Anche la Chiesa è della mia opinione: battesimo, cresima, eucaristia, ordine sacro, matrimonio, olio santo.

Mi guardai bene dall'esporre queste successioni logiche a mia moglie, e mi limitai a dire: - Be'? E se è morto?

Mia moglie non ha paura di me: bensì ha paura della morte.

Anche in questo, quasi il contrario fra me e lei.

51

Ella rimaneva lì nel mio studio col giornale in mano.

- Desiderate altro, signora?

- Ma è morto!

- È colpa mia forse se Eliodoro Marcoleni è morto?

- Ma non aveva ancora quaranta anni....

«Vorreste forse dire, signora, che voi dovreste essere morta da anni?» Questa osservazione venne al sommo della lingua; ma la rimandai giù, sempre per quella specie di veglianza che esèrcito su me stesso, quando devo conferire con mia moglie.

Lei disse infine:

- Bisognerà che mandiamo insieme un telegramma di condoglianze.

- Ma perchè un telegramma? - dissi. - Manderemo una lettera.

- Le lettere, - dice la mia signora, - non usano più. Adesso nelle condoglianze usa il telegramma.

- Bene, signora, voi mandate il telegramma ed io mando una lettera.

- Voi lo fate per quella grettezza e tirchieria che vi si aumenta con gli anni.

- No, signora, - risposi con la calma abituale, - non è per grettezza, e la vostra deduzione è erronea. È perchè in una lettera si possono dire alcune cose più sentite e profonde che non nelle quattro convenzionali parole del dispaccio. Io odio la convenzionalità.

- Io vi dico, - insistette ella, - che adesso nelle condoglianze tutti usano il telegramma.

Risposi con soavità, ma con fermezza:

- Signora, vi prego di non insistere davvantaggio: io mando una lettera e voi fate quello che più vi talenta.

Anche in queste cose della morte la mia signora ed io non andiamo d'accordo.

La signora si allontanò col foglio del giornale in mano: io mi riebbi un po', presi un foglio intestato, una busta intestata, e scrissi la lettera.

*

Senonchè dopo quattro giorni, con mia somma sorpresa, rivedo la mia lettera. Respinta al mittente, come diceva una nota dell'ufficio postale.

Apro e leggo.

"Mio caro e buon Marcoleni, oggi ho veduto nel giornale che tu, con un atto energico, ti sei liberato dal vincolo matrimoniale. Tu, comunque siano le cose, certamente ti devi trovare in luogo dove la tua signora non c'è! e ciò dà a credere all'esistenza di una provvidenza riparatrice. Felicitiamo i morti! come dicevano i greci antichi con tanta saggezza. E perciò accogli con le mie condoglianze anche le mie più vive felicitazioni."

*

Io avevo scritto al morto. Il postino non aveva potuto recapitare la lettera, ed essa era stata respinta al mittente.

## SOTTO ZERO.

- Ing. Enrico Castel?

- Primo piano nobile, a destra.

Perchè io andassi dall'ing. Castel, è inutile sapere. Basterà dire che era il 28 gennaio dell'anno 1917, e la temperatura era di dodici gradi sotto zero.

Primo piano nòbile! Ma tutto in quella casa era nòbile! Le scale erano di nòbile marmo; la balaustra di nòbile metallo.

La nòbile casa era degna dell'ing. Enrico Castel, perchè egli è fra gli uomini che maggiormente onorino le scienze esatte fra noi. Anche nell'abito esterno mai un'inesattezza, e il sorriso signorile che ornava le sue labbra era indìzio della esattezza interiore. Io non ricordo che una sola disparizione del suo sorriso, anzi direi la sostituzione di una certa qual contenuta indignazione invece del sorriso; e fu, se non isbàglio, nel 1916 quando dopo due anni della guerra orrenda potè dire:

- Questo non lo avrei mai creduto!

Si parlava della Germania.

*

Al contrario di certi uomini di scienza che trattano gli uomini di lèttere come una zoologia inferiore, egli era urbanissimo; anzi se mi vedeva un libro in mano, appariva festevole e mi chiedeva: «Che libro ha?». E si compiaceva nell'aprire il libro e rinnovare la conoscenza con Dante, Machiavelli, Leopardi che egli onorava moltissimo, benchè.... benchè questi studi non fossero esenti dal perìcolo di privare l'uomo di quella esattezza, di quella normalità di cui il suo sorriso era indizio.

53

Questo benchè lo dico io.

Non egli disse, nè io osai insinuare per domanda.

Egli, pur conversando dottamente di Dante, del Machiavelli, del Leopardi, pur signorilmente sorrideva; e quel sorriso mi pareva come la lastrina di cristallo delle preparazioni scientifiche, che concede di vedere, ma impedisce il contatto. Egli vedeva l'umanità attraverso una lastrina di puro cristallo.

Ma quel giorno, 28 gennaio 1917, quando la porta si aprì e si presentò l'ing. Enrico Castel, non soltanto notai che il sorriso era sparito, come l'altra volta nel 1916, ma c'era di più: anche l'esattezza esteriore era scomparsa.

- Bisogna che venga io ad aprire, - disse, - perchè sono successe cose gravi.

Cose gravi? Ma sono quattro anni che nel mondo succedono cose gravi: il volto di molti uomini da quattro anni è deformato nel dolore, ma soltanto quella mattina vidi il volto dell'ing. Enrico Castel deformato. Il suo volto, come un delicato cartoncino bristol, pareva anzi spiegazzato.

- Venga, venga avanti, - disse, - e tenga il cappello in capo. Veda come sto io.

Egli era infatti irregolarmente avvolto in una pelliccia, e una specie di passamontagne imbacuccava la sua testa.

- Siamo a tre gradi sotto zero in casa, - disse - : i caloriferi sono spenti, irrimediabilmente spenti. Potrò anche intentare causa al proprietario per inadempimento di contratto, ma con questo non aumento la temperatura. Le pare?

- Accenda il camino.

- Ma la casa è di costruzione moderna, e non ho camino. Chi avrebbe preveduto?

- Prenda una stufa a legna.

- Così ho fatto. Ma vede? (Infatti il magnifico appartamento era un po' avvolto nel fumo.) - La legna è verde e non arde.

- Perchè non va in Riviera?

- Ah, mio caro! Ma non sa?

- Ma che cosa?

Disse:

- La nostra domestica si è ammalata di influenza, e grave; l'abbiamo subito fatta ricoverare, ma ciò non ostante, la mia signora si è ammalata di influenza lo stesso.

- Questo è grave!

- Altro che grave! Ed ora sento che sono febbricitante anch'io. Veda se in queste condizioni si può parlare di andare in Riviera. Stamane ho dovuto fare il caffè io.

Involontariamente ho sorriso io questa volta, perchè si capiva che se lui pur conosceva le leggi sul calore, non doveva essere riuscito a fare il caffè. Forse si era scottato.

- Ma il domestico?

- Il domestico è stato richiamato sotto le armi, e non se ne tròvano! Questa guerra è un disastro.

- Ma e la portinaia?

- Non me ne parli! Una donna di un egoismo inverecondo. Devo spedire queste ricette, ma giammai mi rivolgerò a lei.

- Se permette vado io.

Il suo volto espresse una sincera emozione.

- Ha bisogno d'altro? - domandai.

- Allora, già che lei è tanto gentile, vuol prendere anche qualche cosina da fare un po' di brodo? Aspetti! assolutamente aspetti!

E mi volle porgere un lùcido biglietto da cinquanta lire.

- Le scienze delle finanze - avvertì - , specificano che il denaro non è che una convenzione, la stessa valuta aurea è convenzionale come la valuta cartacea. Eppure questa verità non è percepìbile se non quando manca il vero valore, che è la cosa. Io sono meravigliato del servizio che rendono questi cosini di carta.

*

Sono tornato con le medicine, con un pollo di squisita anatomia giovine.

Egli lo ammirò, lo sollevò con la bianca mano, dove spiccava un grande smeraldo.

- E queste qui, - dissi.

- Oh, le ovine!

- E un cartoccino di zucchero! - aggiunsi.

55

- Ha trovato anche lo zucchero! Oh! Oh!

Ebbe un sorriso di tenue felicità.

- Per me, veda, il caffè anche senza zucchero, è indifferente; ma per la mia signora è un sacrificio.

Passò ancora con lo sguardo dal pollastrino alla mia persona: due cose che forse mai egli aveva veduto in quello stato di nudità.

- Questo io non credevo - disse come nel 1916.

Che cosa non credeva? Forse che uno che adopera Dante, Machiavelli, Leopardi avesse attitudini a comperare anche un pollo? O piuttosto non credeva, era sorpreso che la lastrina di cristallo, che era fra lui e il genere umano, si fosse spezzata? Perchè egli mi disse con troppo anormale effusione:

- Grazie! grazie! Grazie, caro!

Grazie di che?

Mi pareva che egli sarebbe stato felice se avesse potuto darmi tutto il resto di quel valore cartàceo e così saldar la partita, perchè in un caso idèntico ma opposto, Enrico Castel forse sentiva che mi avrebbe ben donato le cinquanta lire, se ne avessi avuto bisogno, ma andar lui a comperare per me....Egli, quindi, mi avrebbe dovuto sempre dire. Grazie! Grazie!

*

Non so perchè andandomene e cogitando a tante cose, fuori dell'Ing. Enrico Castel, dicevo fra me: «Se leggessimo meno pagine della scienza e qualche pagina dell'Evangelo!...».

## LA MARTINGALA.

Nel tempo in cui mi trovavo a X..., facevo i miei pasti all'osteria detta del Togo.

Ci si stava bene.

Vino buono, cucina in vista, prezzi da ridere per la mia borsa: la quale con venti centesimi extra otteneva che su la pardàlide della tovaglia venisse disteso un tovagliolo senza pardàlidi. Forse un po' di tanfo di molta gente e di fumanti vivande. V'era poi l'inconveniente disgustoso del dito pollice del cameriere, che simpatizzava per lasciare impronta di sè sull'orlo del piatto, quando portava le vivande. E non so perchè quel dito pollice sceglieva sempre la parte dell'orlo meno libera.

Il mio stomaco, nato delicato, ne soffriva un po': d'altra parte avevo in quella osteria il vantaggio della sensazione del popolo.

Sua Maestà il popolo frequentava molto quell'osterìa, e dopo avere mangiato bene, ruttava, poi parlava - di solito - di alta politica o di teologìa. Dio e sua madre, la Madonna, erano cucinati in tutta la varietà delle salse italiane, così che io avevo la sensazione di S. M. il popolo mediante l'odorato e l'udito, e qualche volta, oimè, anche mediante il contatto.

Ma io nacqui, oltre che delicato di stomaco, anche molto aristocratico; e nelle osterie di prima classe, dette hôtels o grands hôtels, dove S. M. non rutta e non bestemmia, si provano nausee anche peggiori.

*

In quell'osteria mi sorprese, dopo l'ora del pranzo, quando i più degli avventori erano sfollati, un uomo a capo tavola, dalla gran barba mosaica; bianca in su le gote, quasi nera in mezzo. Costui parlava ieraticamente per dogmi e sentenze, a gran voce, ma con occhi assenti. Insolentiva e riceveva insolenze metodiche: ma queste interruzioni rimbalzavano su lo scudo della sua imperturbabilità.

- Chi è colui? - chiesi al cameriere.

- È uno, un po' sordo, ed anche un po' cieco, ed anche un po' matto.

Finchè colui fulminava contro re, papi, imperatori e loro contorno, andava bene; ma quando fulminava contro S. M. il popolo e sue delegazioni, andava male.

S. M. il popolo insorgeva ruttando insolenze: - Transfuga! vile borghese! bieco reazionario!... Ma l'uomo pazzo riceveva le insolenze, anzi pareva che le assaporasse per filosofia.

E come le ingiurie cessavano, diceva:

- Pretendi che io, o popolo, parli come i tuoi maestri, soltanto il linguaggio della tua passione? Ciò non sarà mai detto!

- Ma sa lei, - gli dissi una sera, facendomi da presso, dopo che tutto l'uditorio se ne era andato, - sa lei, mio signore, che lei dice certe cose che non si leggono nemmeno nei giornali?

- Mo' senti bene che bella novità mi viene a raccontare questo individuo. Mi scaraventano addosso quintali di insolenze appunto perchè dico delle verità.

- Anch'io, signore, - dissi io, - sono piuttosto maldicente, ma vedo con piacere che lei mi supera. Lei deve aver fatto anche buoni studi.

Sorrise con disprezzo:

- Il mio nome è noto!

- Scusi, il suo nome sarebbe?

- Io? Io sono Prometeo....

- Prometeo? - esclamai al colmo dello stupore, - il fratello di Epimeteo? il figlio di Giapeto? Il Titano? Il gran nemico di Giove? Colui che rubò il fuoco, cioè la saggezza a Giove? e donò poi la saggezza agli uomini? e poi fu da Giove condannato sul Caucaso ad aver divorato il fegato dall'avvoltoio?

- Quel desso, - rispose, - ma parla forte.

Io ripetei forte:

- Prometeo, l'illustre Prometeo, il grande ribelle, il grande filantropo, colui che ha costretto Giove ad abdicare, che ha fatto l'uomo uguale a Dio....

- Andiamo adagio, - disse Prometeo, - quanto tu dici è poetico, ma non è esattissimo. Gli uomini, ai miei tempi, camminavano su quattro zampe e io ho detto semplicemente: «Cos'è questa vergogna? Mettiamoci la martingala come ai cavalli di lusso perchè tengano diritta la testa». Io ho rapito realmente la martingala a Giove.

- E Giove allora, - dissi io, - ha fatto prendere lei e incatenare dal suo carabiniere di nome Briarco.

- Vedo che conosci la storia, - mi disse Prometeo.

- E lei allora, o saggio Prometeo, prima di partire per la sua relegazione del Caucaso, disse al fratello Epimeteo: «Sta attento, fratel mio, se Giove ti manderà qualche dono, e tu respìngilo. Non accettare nulla da Giove».

*

Io avevo parlato forte così che il sordo Prometeo mi intese: il suo volto si colorò di profonda emozione e ripetè:

- Finalmente trovo un uomo che ne sa qualche cosa della storia del mondo. Ma naturale! Quando io portai via la martingala a Giove mi accorsi che il formicone rideva nella barba azzurra e diceva: «Ah, tu vuoi la martingala della dignità? Aspetta, caro, che in cambio ti manderò un bel regalo».

- E lo preparò in un pacco speciale, confezionato a meraviglia, - dissi io.

- Sei un uomo di ingegno, - mi disse Prometeo. - Già! Fece costruire dal suo capo tecnico Vulcano la bella donna chiamata Pandora e mandolla in dono a Epimeteo. Pandora non aveva un càntaro, o un'olla, - come si vocifera - ma appena una fialetta tra le dita graziose. Era un tubetto quasi invisibile, ma con dentro le colture di tutte le malattie e di tutte le passioni: fa conto come i tubetti di microbi che adesso fabbricano i Tedeschi....

- -Epimeteo non seppe resistere ed accolse la ridente Pandora, - dissi io.

- Avrebbe resistito benissimo, - rispose Prometeo, - ma è che Giove adoperò una furbizia di incalcolabile sottigliezza: quasi sottile come i microbi. Invece di mandare Pandora pudicamente nuda, come usava allora, la mandò vestita e con le calze di seta. Forse neppur io, che sono Prometeo, avrei resistito!

- La sua sincerità le fa onore, - dissi io.

- E da quel giorno, - disse l'illustre Prometeo, - cominciò il disastro della morale a causa delle donne vestite, perchè prima della morale non si conosceva neppure il nome.

- Perfettamente!

*

Dopo che ci fummo congratulati della reciproca nostra intelligenza, Prometeo ordinò un quinto di vino.

Questo non sarà mai detto che io faccia pagare all'illustre Prometeo un quinto di vino.

Bevemmo insieme e poi dissi:

- Illustre Prometeo, mi permetta una domanda.

- Anche due.

- Ecco: io non mi spiego come lei dopo essere stato tanto filantropo verso gli uomini, adesso li copra di vituperi. Capisco vituperare Giove, ma gli uomini....

- Questa volta, vedi, - mi disse con mansuetudine, - sei un po' imbecille.

Gli domandai, con altrettanta mansuetudine:

- Perchè?

- Anzitutto, - rispose, - perchè oggi sono tornato in buoni rapporti con Giove.

Stupii.

- Oh, che sento mai! Dopo che Giove le ha inflitto parecchi secoli di galera sul Caucaso, inaspriti dall'avvoltoio, lei è tornato in buoni rapporti con Giove?

Rispose:

- Non che Giove sia intelligente, sai? Basterebbe il fatto della creazione per dimostrarlo. Ma non è nemmeno un idiota, e dato l'errore iniziale della creazione, egli aveva provveduto bene col fare camminare gli uomini su quattro gambe. L'errore fu mio ed io fui ben punito. Ma cosa vuoi?, allora io ero giovane, rivoluzionario sul serio come sono tutti i giovani, e dicevo: «Perchè il privilegio della ragione soltanto a Giove?». Facciamo ragionevole anche l'uomo, e ho rapito il fuoco, come dici tu, o la martingala come dico io.

- Questa è la sua gloria immortale, signor Prometeo.

- Questo è il mio rimorso, citrullo mio dolce! Gli ho castrati a metà con la ragione. Io volevo che con la martingala guardassero in su le cose sublimi, ma l'istinto li porta perpetuamente a guardarsi l'ombelico e oltre! Certo è innegabile che qualche cosa hanno fatto: ronzano coi loro motori a qualche metro dalla cima di Olimpo; scrivono libri; tengono registri; illuminano coi fari le tenebre. Ma non vedi che non sanno spingere un raggio nei loro cuori? La colpa è mia. Sostanzialmente Giove aveva creato gli uomini come gli altri placidi ruminanti. Sono stato io a voler fare delle iniezioni di intelligenza; la intelligenza si è combinata con la bestialità del buon ruminante, e ne è venuta fuori una sostanza esplosiva: per prima cosa Caino ha ammazzato Abele, e sèguitano! Sono capaci adesso questi montoni di Panùrgio di negare persino l'esistenza di Giove. L'uomo è un animale fornito del colletto.

*

Guardai Prometeo. Egli veramente non aveva colletto.

Io non sapevo che cosa rispondere.

- Vedi, - esclamò Prometeo, - Giove è un vecchio rimbambito oramai ed è incapace di sentire rimorso; ma io, io, Prometeo, ti assicuro che se non avessi il conforto di bere qualche quinto di vino, mi andrei a buttare sotto il primo treno che passa.

Così dicendo, Prometeo lagrimava veramente.


## ANTONIO E CLEOPATRA.

L'elegante deputato Pier Luigi Petrucci non potè a meno di ricevere quella mattina i coniugi Antonio e Cleopatra, come diceva il biglietto. Erano già stati tre volte allo studio.

- L'onorevole è ancora a Roma, - aveva risposto la gentile dattilografa. - Se desiderano conferire col suo sostituto....

- No, proprio con lui personalmente.

Ora l'onorevole era tornato.

A dire il vero, l'on. Petrucci avrebbe volontieri fatto a meno di ricevere tanto Antonio e Cleopatra, quanto gli altri clienti.

Egli avrebbe avuto bisogno di due mesi di completa tranquillità per condurre a termine un suo lavoro su le rappresentanze proporzionali, compreso il voto anche alle donne.

Ma come si fa?

Era lo studio legale che, sino allóra, almeno, aveva alimentato di olio e benzina il motore della sua vita politica, e non viceversa, come malignano gli ignoranti.

- Dunque, vengano i signori Antonio e Cleopatra.

*

Veramente non entrò che Cleopatra.

Il gabinetto particolare dell'onorevole era piccino, elegante, fine come lui.

Ma quella donna lo ingombrò.

Era una signora di inusitata mole: impennacchiata, frusciante di seta. Ma un omettino sudicetto, vestito di nero, si smascherò dietro Cleopatra.

Doveva essere Antonio.

- Voi siete proprio l'onorevole deputato Pier Luigi Petrucci? - domandò strisciando su gli erre la signora e posando sul tavolo una tozza mano, carica di brillanteria.

- Io sono quel desso, - disse l'avvocato con una sua non illepida smorfia del volto, la quale corrispondeva ad un riso interiore.

- E loro, - domandò egli alla sua volta, - si chiamano realmente Antonio e Cleopatra?

- Legittimi coniugi, - disse l'omarino sudicio, del quale non si vedevano gli occhi, nascosti come erano dietro le lenti nere, ma si vedeva la bocca nera. - Legittimi coniugi, e abbiamo i documenti....

- Dicevo perchè Antonio e Cleopatra....

- Cleopatra, veramente, - disse l'omarino che parlava flautato e dolce, - xe un antico nome di battaglia.

All'espressione antico nome, gli occhi di Cleopatra dardeggiarono Antonio.

- Ciò! - esclamò Antonio. - All'avocato se ghe dixe tuta la verità.

- Causa di separazione legale? - domandò l'avvocato.

- Niente, niente separazione legale, - disse l'omarino.

- Allora si accomodino.

Ma dove?

Antonio trovò un'esile sedia inglese, dove delicatamente si posò: ma Cleopatra....

Un intuitivo esame su la forza di resistenza delle sue sedie inglesi fece togliere in fretta all'onorevole alcuni incartamenti, posati su una poltrona, presso di lui.

- Qui, signora.

La signora calò e si calibrò un po' strettamente nella poltrona; ma l'avvocato si sentì a disagio: la di lui personcina elegante era sotto la irradiazione minacciosa di quella massa di adipe, trasudante profumi; vivificata da due occhi neri sfacciati.

- Ebbene, di che si tratta? - domandò l'onorevole.

- Parlo me, - disse Cleopatra.

- Scusante, lassa far a mi, lassa parlar a mi, - disse Antonio.

- Si decidano.

- Allora, - disse Cleopatra, - parlare mio marito; lui parlare bene italiano.

E Antonio cominciò allora:

- Ci ha mandati da lei l'avvocato Mastropaoli. Veramente l'avvocato Mastropaoli ha detto: «Cari amici, questa pratica non c'è che un onorevole che ve la possa disbrigare, perchè la xe de caratere politico. Io non ce ne posso».

- Però, - interruppe Cleopatra, - ha ben potuto prendere mille franchi, di cui mancano esatte notizie.

- Tasi ti, contrasta! - rimbeccò Antonio. - I denari i va e i vien. I xe avocati: xe el so mestier! Allora mi go dito alla mia signora: «Trovato!» «Chi?» L'avvocato Petrucci: el xe onorevole, el xe giovane, el xe omo de slancio, el xe de idee moderne, el xe el nostro rappresentante. E semo vegnudi, ma l'onorevole el gera a Roma.

- Prego di spiegare.

- Ecco qui, onorevole: queste le xe do tagiadele de mile lire l'una, - e levò con cautela e posò con riguardo due biglietti da mille sul tavolo. - Se no i basta, lu nol deve far altro che mandar un «papiè» al nominato Antonio, che son po' mi.

- Sì, va bene, ma prego di spiegare.

- Ecco: la mia signora ed io, cioè tutti due solidariamente, ma ela xe la titolare riconosciuta, gavemo intenzion di aprire, in locale di nostra esclusiva proprietà, via Forni, numero civico 77, una casa di convegno, ma di primissimo ordine, ma del tutto rispettabile. Capisselo, vero?

- Una maison da tè, - disse Cleopatra con occhi imperturbabili.

- Diciamo allora, - disse Antonio, - una tea-room.

- Ma io che c'entro? - domandò l'avvocato, on. Petrucci.

- Mi no so se lei, - rispose con insinuante soavità Antonio, - ci vorrà entrare. Ci entrano tanti: senatori, magistrati, procuratori. Casa seria per gli adulti! C'entrano anche reverendi sacerdoti. Li conosso, li conosso tuti mi. Ma ci vuole il permesso della Questura; e proprio adesso è venuto un questore che fa il zelante, il moralista, il puritano, il reazionario.

- Con la scusa, - disse Cleopatra, - che la nostra maison è vicina a un quartiere aristocratico. Ma appunto, comme ça: anche la nostra casa è aristocratica.

- E poi, dico, onorevole, - esclamò Antonio, - non ci pare che sia ora di finirla coi privilegi dell'aristocrazia?

- Non facciamo della letteratura! - disse Cleopatra.

- Anzi facciamone, - disse Antonio, - perchè l'onorevole el xe un lider della politica, e la nostra la xe una causa politica: l'avvocato Mastropaoli el ga dito: «per mettere a posto un questore reazionario ci vuole una parolina all'orecchio da parte di un deputato; ma di uno di quei deputati che sanno parlare alla Camera». Perchè ela, onorevole, el se rifiuta? - domandò l'omarino nero, dolorosamente, vedendo la mano dell'onorevole Petrucci che, con dolcezza, respingeva i due biglietti da mille. - Nol pol? nol vol? Nol ga tempo? Xele poche do mila lire?

- Non tratto questi affari, - disse l'onorevole Petrucci con semplicità; ma la sua faccia esprimeva una nausea così sincera che faceva veramente onore alla sua giovinezza politica.

- Nol trata sti affari? - domandò Antonio calmissimo.

- Non tratto.

- Allora, pardon, onorevole! Ma una domanda: Ciò! domando, - disse rivolto alla signora Cleopatra che, udendo mutati i registri alla voce di Antonio, si era voltata verso di lui, - domando, ciò! per iscarico di coscienza, perchè pare che semo vegnudi per offendere l'onorevole....

- Lei non mi può offendere, - disse Petrucci.

- E gnanca mi me offendo. Ma domando: questa xela o no xela una pratica consentita dalle vigenti leggi?

- Perfettamente.

- E allora, onorevole, da basso xe scrito no xe scrito «Studio legale?»; questi i xe o no i xe biglietti da mille? Ela xe o no xe l'avocato Petrucci? Se parlo mal, el me insegna. E allora perchè nol vol trattar? Perchè no la ghe par una pratica morale? Ma allora da basso se mete: «studio legale per le pratiche morali soltanto».

Gli occhi di Antonio non si vedevano dietro le lenti nere, ma la umiltà della sua voce era venata da sibili di insolente ironia.

- La morale non c'entra, - tagliò secco Petrucci. - C'entra la opportunità. Domani si viene a sapere che io ho patrocinato questa vostra causa, un giornale umoristico se ne impadronisce, mi mette in ballo con sotto scritto: Avvocato delle case da tè, ed io son bell'e fritto.

- Perfettamente esatto quello che el dixe, onorevole, - esclamò Antonio. - Conosso anca mi la politica; basta il morso de una formiga a far cadere un gigante; ma qui no se tratta di causa: basta una parolina eloquente e amichevole all'orecchio del questor reazionario. Per conto mio, giuro su la testa della nostra Isidora, pargoletta di dodici anni ancora innocente (xe vero, Cleopatra?) che nessuno savarà mai niente.

Ma allora Cleopatra parlò ad Antonio, e disse:

- Asino, ritira nel borsino le due mila lire; - e all'avvocato disse: - Mio marito è cattivo psicologo. Voi non volete trattare l'affare, non per timore di pubblicità. Questo è un fin de non recevoir. Vi dirò io la ragione vera: voi credete che sia veramente cosa disonorevole trattare questo affare. Voi siete uomo pudico!

Allora parve all'avvocato di arrossire.

Ma in verità arrossì di avere arrossito.

- Ah onorevole, - esclamò Cleopatra, levandosi e levando verso l'avvocato Petrucci il dito con significazione, - se invece di condurre con me questo qui, lassa far a mi, lassa parlar a mi, avessi condotto avec moi l'Irma....

- Ah, no, cara, - esclamò Petrucci. - In caso, le ragazze me le scelgo io.

- Non si resiste all'Irma, - disse Cleopatra in cui traspariva tutto il valore delle antiche battaglie: - francese come io.

E tacque.

Poi raccogliendo nella borsetta d'oro ella stessa i due biglietti da mille:

- Pensare, - disse, - che io avevo tanta simpatia per voi, quando voi facevate quei magnifici discorsi, con quelle idee elevate, altamente moderne. Ho fatto votare per voi tutti i miei clienti. Ho inviato alle urne anche questo macacco di mio marito. Sinceramente, voi mi avete disillusa, onorevole.


## LA BORA.

Paron Mènego, quand'era a bordo ritto su la tartana nera era un personaggio! Conosceva le stelle e le acque; e quando a pope reggeva la barra, dominava i venti e le onde. Ma se il mare era piano, paron Mènego fumava la pipa chioggiotta in cerchio coi compagni, o disponeva le schegge sotto il paiolo per la polenta dolce, o ammanniva su la tolda, entro gli schidioncelli di ròvere la triglia rossa, la seppia bianca, la sardella turchina; oleose, e ancor palpitanti.

Ma a terra paron Mènego faceva meno figura: sia che la terra gli mettesse soggezione, sia che in terra camminasse bordeggiando sui grossi zoccoli di legno, che pareva ebbro.

Ma soltanto la domenica era un po' ebbro.

La sua tartana con le altre tartane dalle vele rosse tornava a terra il sabato sera.

«Bettina son qua, xe arriva el to omo. Bora, bora! Caligo! Bonaccia! Vento de maestro, trenta coffe de pesce!» diceva arrivando a casa il sabato.

Bettina, la sposina, scapigliata e sudicetta, sapeva quel che aveva da fare senza parlare, all'arrivo del suo uomo. Scapigliata e sudicetta, ma sotto panni le carni avea delicate e bianche come la seppia. Bettina, piccola Madonna con le ciglia abbassate, saliva allora docile la scaletta di legno che conduceva al tàlamo. Dietro rimbombavano gli zoccoli del gran màschio-marino.

Dopo mezz'ora costui diceva:

- Adesso sto ben!

Solo la domenica sera andava all'osteria, dove faceva accompagnamento: Uhm, pà, pà, là! come una catuba, alle cantilene degli altri pescatori, in coro.

A mezzanotte della domenica era di nuovo a bordo: all'alba il vento trovava paron Mènego, calmo, alla barra.

Mai paron Mènego si era rivolto questa domanda: «Sei tu felice?» forse perchè era felice, specie quando tornava a casa e diceva: «Bettina, son mi, el to omo!».

*

Una notte la bora soffiava forte sul mare; non era il sabato e una voce rimbombò dalla strada:

- Bettina, verzi la porta: son mi, el to omo.

Ma la casetta era immersa nel sonno della notte autunnale.

A un tratto tremò tutta la casa. Mènego aveva urtato contro la porta.

- Seu vu? - domandò una voce da una spiraglio della finestra.

- Son mi, Bettina. Semo arrivati in porto a pericolo de vita. Bora, bora grande in mar.

Bettina venne ad aprire.

L'uomo faceva tremare tutta la piccola casa.

- Bettina, no te impizzi el lume?

- No se vede lo stesso per quel che gh'avè da far?

Ma quando fu sul limitare del tàlamo, l'uomo si arrestò. Annusava forte.

- Cossa xela sta spuzza?

- Me son lavada con l'acqua de bon. Vegnì a letto, Mènego, che xe freddo. Cosa feu, Mènego? Ma rispondeu, Mènego! Seu deventà matto, Mènego?

Dalla tonaca marinaresca Mènego levava la custodia di latta: soffregò, brillò la luce del fosforo: con calma, come in mare, quando v'è pericolo di vita, accese il bovoletto di cera vergine. Al diffondersi della luce chiara un rumore si udì.

- Bettina! - urlò Mènego.

La Bettina non c'era più.

D'un balzo levò il copertoio del tàlamo.

Una cosa bianca si ritrasse sotto il letto. Era un piede.

Mènego lo afferrò.

- Vien, - diceva. - Se te xe un vivo, te devi vegnir.

Venne tutto. Era un corpo di giovanetto.

Esso si inginocchiò, scoppiò in pianto, disse:

- Io non voleva venire. È stata la Bettina a dire: «Se no te vien, xe prova che no te me voi ben».

66

Mènego lo guardava dalla gran faccia barbuta. Doveva essere di quei giovanetti che stanno al caffè, portano cravatte di seta e marciano con scarpette di pelle lùcida.

- Vien con mi! - e dicendo questo, lo prese per il polso, e lo trascinò giù per la scaletta pianamente.

Quando furono fuori della casetta, la bora soffiava forte: il buio era così denso che non si vedevano nemmeno le tartane ancorate nel canale.

Mènego se lo prese e, così come era, se lo caricò su le spalle, e perchè quegli springava forte, Mènego strinse con una mano un piede, con l'altra mano attanagliò l'altro piede insieme con l'una e l'altra mano di lui.

Mènego si mosse col suo passo dondolante e sicuro.

- No buttarme nel canale che me nego!

L'uomo andava in silenzio.

Prese la via, non del canale, ma della terra. Di mano in mano che si inoltrava verso terra, il fragore del mare cessava e la bora si sentiva meno.

Camminò per un'ora per la campagna. Intanto il giovane, riavutosi alquanto, spiegava fra il pianto, dall'alto, agli orecchi di Mènego, il perchè della sua mala ventura.

Mènego non rispondeva niente e andava.

Ad un tratto il giovanetto trasalì tutto: diè un guizzo enorme per iscappare, mandò un urlo di terrore.

Nella tenebra della notte aveva scorto qualcosa di più tenebroso: i cipressi del Camposanto. Le cime ondeggiavano, vive.

Mènego a quell'urlo si fermò alquanto: guardò, come se qualcosa di evanescente avesse dovuto farglisi incontro. Nulla! Allora riprese il cammino. Giunse al cancello dei morti.

Mènego lo sospinse. Poi avanzò sin dove il vialetto si apriva in croce in quattro vialetti, di cui si scorgeva il biancicore in fòggia di croce fra le siepi delle mortelle.

Il giovanetto su le sue spalle non si divincolava più; un tremito percorreva il suo corpo.

Arrivato in fondo di uno dei vialetti, Mènego si fermò, scrutò, assaggiò con il piede.

La mèta del suo viaggio era raggiunta.

- Ecco la busa, - disse.

(Era una delle fosse che i becchini preparano per gli ospiti del domani.)

- Adesso no mòverte, - disse, e lo scaricò.

Il miserabile, oramai paralizzato dal terrore, invece di fuggire stava aggrappato alle gambe di Mènego.

Questi trasse dall'astuccio un suo coltello a lama fissa e breve, ma puntuto e destro, di quelli che i pescatori usano per iscuoiar le cagnizze tenaci. Strinse fra i denti il coltelletto: poi afferrò la testa del giovanetto, palpando per sentire dove pulsava la carotide: - Di' con mi el De Profundis.

- Ah, la morte! Mamma! Mammina mia! cos'ho fatto! - disse con voce abbandonata il giovanetto.

Le mani di Mènego si rallentarono a quella parola inattesa, e gli occhi guardarono il campo dei morti.

- Gastu una mare anca ti? - domandò.

Allora sgorgarono le lagrime al giovanetto. La sua voce prese un'intonazione di bambino piccolo:

- Mia madre! mia madre! voglio prima mia madre!

Allora Mènego ributtò indietro il cappuccio. Un'idea penetrò nel cervello chiuso.

- Te giuri, - disse, - su l'anima de tua mare, de non parlar mai?

- Sii! - urlò l'infelice.

- Te giuri che quando te me vedi, te scamparè via, che mi no te veda mai e poi mai?

- Sii! - ripetè il giovanetto.

- Ben, scappa; ma fa presto, sbusa, va via, scòndete. No star lì, che te copo; ma no te capissi che se te vedo, te copo?

Il giovanetto era dileguato. E Mènego si trovò solo. E un proverbio gli si affacciò: «la nave non lascia traccia in mare; non l'uccello nell'aria; non l'uomo nella donna».

Ripose il coltello. Egli non aveva ferito. Ma allora si accorse che era lui ferito.

Correva nella notte; urlava nella notte:

«Bettina, Bettina, te ga copà al to Mènego!».

*

Gli domandavano i compagni:

- Perchè, paron Mènego, dormiu a bordo in vece che a cà vostra?

- Perchè xe più caldo a bordo.

- La vostra Bettina la patirà al fredo, paron Mènego!

- Va in malora ti e ela.

- Mènego, no vegnì a disnar stasera? - domandava la Bettina con voce molle ed umile più che la cera.

- No, vado all'osterìa.

*

All'osterìa Mènego acquistò gran nome in poco tempo. Egli vinse tutti i bevitori.

Paron Tita aveva bevuto un trenta bicchieri di vino greco. Paron Marco ne portava trentacinque senza cadere. Essi erano i bevitori più famosi. Ma paron Mènego arrivò sino a quaranta bicchieri, e vino nero come il sangue del delfino, e vino di Puglia. E con tutto ciò stava in piedi.

Però non faceva più zum-zum, o uhm pà, pà, là, come prima quando accompagnava bonariamente il coro dei bevitori.

*

Ma paron Mènego una mattina non fu trovato più a bordo. Era bora e il mare era livido. Lo ritrovarono a caso i pescatori di un'altra tartana, dopo che il mare si fu un poco abbonacciato.

Paron Mènego giaceva grande e resupino sul letto verde e diafano di una grande onda, tutto ravvolto nella sua tonaca di marinaro, filettata d'azzurro; e il suo gran corpo passava da un'onda ad un'altra placidamente.

- Come l'era bello, Bettina, il vostro omo, - le dissero i marinai. - Ma beveva troppo, beveva!


## IN SALMÌ.

«No, signor colonnello, sia buono, non mi ammazzi; ho i piccini da allattare. Mi ammazzerà un altr'anno.»

Voleva quasi dire: «Un altr'anno, prometto che passerò per qui a sua disposizione». Ma non ebbe tempo, perchè il signor colonnello spianò e sparò.

Perchè quella mattina c'era la neve. Scintillava tutta al sole di decembre, la neve: una gran pace bianca in terra, una gran pace azzurra in cielo, e il signor colonnello aveva detto con profonda stratègia:

- Mia dolce Camomilla, questa è la mattina che ammazzo la lepre.

E s'era messo in traccia della lepre. E in fatti gli si era parata lì, che l'avrebbe potuta quasi prendere con le mani.

Evidentemente la lepre voleva dirgli: «Buon giorno, signor colonnello!». Pim! pam! la nuvoletta pirica della sua doppietta si era sollevata sopra la bianca neve, si era dispersa nella chiara trasparenza del giorno invernale, e su la neve c'era la lepre ammazzata.

Il signor colonnello la sollevò per le orecchie, la mirò, e festante se la trascinò a casa. Su la neve erano disegnate lettere rosse: sangue di lepre.

Anche la dolce Camomilla volle prender la lepre. Ella, buona massaia, aveva la bilancia in cucina e la bilancia in testa; e disse:

- Sono quindici libbre.

La gioia di avere uccisa la lepre impedì al signor colonnello di continuare in quel giorno la lettura del romanzo, la Guerra dei Mondi, del signor Wells, insieme con la geografia del cielo; ma corse dal suo amico capostazione. Lo trovò nella solitaria stazione, che meditava con volto atroce sul Riscatto ferroviario.

Gli annunziò che aveva ammazzata la lepre:

- Mangiàmola insieme, così ci sembrerà più saporita.

Il volto del signor Capo si spianò.

- Arrosto? su lo spiedo? in umido?

- Ma no! in salmì con la polenta!

- Il salmì, il salmì! Crede lei, colonnello, che sia facile preparare bene il salmì? Il salmì vero, intendiàmoci!

- La mia signora, - rispondeva il signor colonnello, - è una specialista del salmì.

- Pestando ben bene fegato, cuore, sangue per fare la salsa?

- Pestando ben bene.

- Sia per non detto, allora. Ma io vengo a desinare da lei ad un patto, che io
porterò un zampetto di Modena. Io farò onore alla sua lepre, e lei farà onore
alla mia patria.

Così dicendo il signor Capostazione andò a una cassetta, e fra fini truccioli,
sollevò, ornati di bende rosse, come antiche vittime all'ara, tre zamponi, di
quelli che si mangiavano al tempo della Secchia rapita.

- Mi balena un'idea, - disse il signor Capo. - Andiamo ad invitare il dottore.

- Eccellente idea!

In fatti era una diplomàtica idea. Vivendo in campagna, era bene, era saggia
cosa vivere in cordiali rapporti col signor dottore, non tanto per la salute del
corpo, quanto per la pace dello spirito e la incolumità della villetta, civettuola
anzi che no. Il giovane dottore curava specialmente l'evoluzione spirituale di
quel proletariato agricolo; e questo avrebbe potuto dire: «Dottore, quella
villetta civettuola non è un oltraggio alla nostra virtù?».

E andarono, chè il dottore abitava lì presso.

- La lepre in salmì, il zampone coi crauti? - disse il dottore. - Fidatino! -
chiamò con voce stentorea.

Fidatino, il garzone del dottore, apparve sul limitare.

- Stacca di lassù quei due fiaschi di nèttare.

Fidatino entrò.

- E lèvati il berretto, ignorante!

Così esclamò il dottore perchè il garzone si era avanzato nel salottino col
berretto in testa, e nel salottino del dottore c'era il ritratto di Carlo Marx.

- Di', ignorante, quello che devi dire quando passi davanti a quell'imagìne.

- Salve, argonauta della libertà! - disse il garzone.

- Ora ti è lècito entrare. Ma ricòrdati di non silurare i fiaschi.

*

La villetta del signor colonnello era sperduta nella neve, al buio della sera. Ma
dentro, oh dentro era tutta festa e luce, quando i due ospiti entrarono.

La dolce Camomilla aveva fatto un degno contorno al salmì; lasagne col sugo
di salmì, caminetto acceso, lampade accese e i fiaschi sul caminetto.

- Tutto bene, tutto bene, - diceva il dottore ispezionando le pareti. - Ma lì vedo

71

imagini borghesi, quadretti bellicosi, ricordi quarantotteschi, un Cavour, un Garibaldi, e che so io. Rinnovarsi, rinnovarsi, egregio colonnello.

- Egregio dottore, - diceva il signor colonnello, - lei mi sottrae quaranta anni, e io mi rinnovo.

La dolce Camomilla assicurava il dottore che suo marito era essenzialmente uomo d'ordine, niente bellicoso. La sola cosa che studiava era la guerra dei mondi nei romanzi del signor Wells, e la geografia del pianeta Marte.

- Non parliamo di politica, - disse il signor Capo. - E il salmì, signora Camomilla?

- Giudicherà alla stregua dei fatti.

- Chiedo scusa; e il mio zampone?

- Il suo zampone è venuto benissimo, con tutte le regole: bolle dalle quattro, e ora riposa.

- Benissimo! - disse il Capo, - perchè, veda, pare una cosa facile, ma anche cuocere uno zampone, non è da tutti: ci vogliono quattro ore buone, e se crepa la pelle è un disastro.

*

Dunque l'orologio segnava le sette e trentacinque di quella sera, e possiamo accertare che erano le undici allorchè due violenti colpi rintronarono nel silenzio.

Ma forse erano due colpi delicati. La colpa è del silenzio della notte che aumenta i rumori.

Era Fidatino che veniva con la lanterna per prendere il dottore.

- Fuori è buio come in bocca al lupo.

- Ma c'è la luna, - disse il signor Capo.

- La settimana scorsa c'era la luna, - osservò il signor colonnello, che era dotto nella geografia celeste.

- Lei, caro colonnello, ha tempo di occuparsi della Luna e di Marte; noi è molto se possiamo tener dietro agli orari.... A proposito: che ora è?

- Sono le undici.

- Inverosimile! Anche il mio orologio fa le undici. Devo presenziare il diretto.

- Ha fatto lo scambio? - disse il dottore.

- Sì.

- Ha messo la lanterna?

- Sì.

- E allora che bisogno ha di presenziare?

- Ce sempre qualche ispettore.

- Abbasso le spie, - grugnì Fidatino.

- Bravo, Fidatino, bevi! - disse il dottore.

- Guarda, Camomilla, guarda, - diceva il colonnello, - se avanza un po' di salmì pel nostro caro Fidatino.

- Una cosa che fa senso, - spiegava il signor Capo. - È un diretto che passa sempre vuoto e dobbiamo stare alzati sino a mezzanotte. Perchè hanno messo quel diretto?

- Per comodo di Sua Eccellenza quando viene da Roma, - disse il dottore.

- Viva la Narchia! - gridò Fidatino.

- Fidatino, Fidatino, - disse il dottore, - questo grido non va bene. Quale è il grido che devi, invece, innalzare?

- Viva la solidarietà dei popoli.

- È sviluppato quel giovanotto, - disse il colonnello.

- Non c'è male, - disse il dottore. - Si va formando.

*

Il colonnello volle accompagnare gli ospiti. Fidatino precedeva con la lanterna. Salmì, zampone, erano le parole che si udivano, mescolate con Sua Eccellenza.

- Pare una notte di primavera! - esclamò il colonnello, e guardando il gran stellato, diceva: - Pace in cielo, pace in terra, pace in ogni luogo.

In quel punto la notte tremò: il diretto passò: una serie di sofà rossi si inchinava su altra serie di sofà rossi.

- Riverisco, - fece il Capo.

- Vuoto! vuoto! vuoto! - contava il colonnello.

- Vede lei come si spende il sangue del popolo? - esclamò il dottore, - e lei mi canta "pace".

- Ma non è anche lei argonauta della pace? - domandò il colonnello al dottore.

- Fidatino, - disse il dottore, - insegna tu come si deve dire!

- Guerra ai palazzi e pace alle capanne! - disse Fidatino.

*

Al lume delle fiammeggianti stelle, il signor colonnello poi che ebbe preso commiato dai suoi ospiti, era in contemplazione della facciata della sua villetta.

Non era una capanna, ma non si poteva nemmeno accusare di essere un palazzo.

Forse lui, uomo d'ordine, e la dolce Camomilla, moglie di ordine e di economia, tenevano troppo pulito, troppo ordinato, e troppi vasi in vista, troppi fiori in primavera.

Pare una notte di primavera.

E il signor colonnello rientrò.

Ma non riposò.

*

Un velocissimo treno, per i siderei geli lucentissimi, trasportò in meravigliosi vagoni riscaldatissimi il signor colonnello alla capitale dei Marziani di cui parla il signor Wells.

Quivi non erano nè capanne nè palazzi, ma enormi edifici ugualissimi e lucentissimi assirobabilonesi. Tutto vi era ordinatissimo; ma bianco e gelo da rabbrividire. Perciò i Marziani camminavano impellicciatissimi e tutti erano pasciutissimi. I Marziani avevano sembianza tutti di lepri mostruosissime. I negozi erano fornitissimi.

Dietro le lastre dei ristoranti immensi si vedevano i Marziani mangiare compostissimi. Civiltà perfettissima. Ma che mangiavano i felici Marziani?

Come da noi per il Santo Natale i negozi espongono festoni di saginate e nitide oche e tacchini, e le vetrine dei bei ristoranti hanno in vetrina la lepre, il capriolo, le quaglie e le coturnici, così quivi. Ma invece dell'oca, del cappone, delle quaglie, pendevano festoni di umani: e sotto in belle bacinelle colava il sangue. Delicatezze!

In una vetrina v'erano bimbi di umani, sgozzati e disposti con una certa festività, che recavano la gaia dichiarazione gastronomica, come da noi: "Domani andremo arrosto allo spiedo".

74

V'era il grassoccio Capostazione che giaceva nella deforme nudità su di un talamo di felci; in bocca aveva una melarancia: in mano, invece del Riscatto ferroviario, la indicazione: "Quattr'ore di cottura. Non rompere la pelle!". Le massaie marziane approvavano le sagge indicazioni.

- La mia dolce Camomilla in salmì! - urlò il colonnello.

E si destò.

*

La civiltà marziana dileguava un poco per

volta, come dilegua un'imagine della lanterna magica se per avventura si apre la finestra e si fa entrare il sole.

- Dove sono? - urlò il colonnello.

- Sei vicino a me, - disse la dolce Camomilla. - Vedi, stanotte ti ha fatto male quel salmì, troppo ne hai mangiato! e anche troppo hai bevuto! non hai fatto altro che russare, sbuffare e voltarti tutta la notte. Va a prendere un po' d'aria.

E il signor colonnello, quando ebbe fatto la sua toilette e preso il caffè, andò.

Il sole rideva su la neve chiara: tepido e senza vento era il bel giorno invernale.

Ecco lì dove la lepre gli era apparsa e avea detto: "Buon giorno, signor colonnello!", e lui pim pam! E su la neve c'era sangue di lepre.

## LA CASA DELLE VECCHIE.

In quale casa siamo mai capitati? Nella dimora delle Parche? Certamente i bimbi ne avranno paura!

Ci avevano ben detto che era una casa tranquilla; ma questa casa è piena di vecchie. Ogni uscio contiene una vecchia. Siamo nel regno delle Parche. Se non che le Parche erano tre, queste vecchiarde sono certamente di più. Quante? Più di tre, certo. Quando portammo le masserizie, a pian terreno si schiuse una porticina: ne sporse un volto esangue sopra un lungo fantasma. Spiò che cosa turbasse l'antico silenzio: poi l'uscio si rinchiuse.

Sul pianerottolo, un'altra vecchia, ma questa piccola, spelata, scrignuta, corse come un topo sorpreso, a chiudersi nella sua stanza; quando ci sentimmo attratti da qualche cosa: erano due occhi bianchi, immobili sul pianerottolo di sopra: un'altra orribile vecchia. Ho guardato la tenera infanzia dei bambini ed ho pensato: "Questa casa non è igienica!", ed ero turbato, quando la fantesca disse: "Padrone, ehi, dica: queste vecchie fanno il mal occhio!". Il pensiero della scienza andava a braccetto con quello dell'ignoranza.

La fantesca dice ancora che quella piccola, scrignuta, la notte cavalca la scopa, e va alla tregenda insino a Benevento. Qui la scienza si rifiuta d'andar d'accordo. Ma l'altra osservazione, che quella diafana, a pian terreno, abbia la virtù di sdoppiarsi, non mi ha sorpreso. Pare anche a me di averla veduta in due luoghi nel tempo stesso.

Il mio bimbo, il più piccino, rosica delle caramelle.

"Chi te le ha date? Hai rubato un soldo dalle tasche? Così presto hai imparato il furto domestico?" "No, le caramelle me le ha date la vecchia, quella giù." "Ti ha baciato?" "No." "Cosa ha detto?" "Bambin Gesù, - ha detto,--fa miga bordell!"

*

Ci siamo venuti abituando: la casa è veramente tranquilla; non pare neppure di essere a Milano; eppure siamo presso Sant'Ambrogio, nel cuore della vecchia Milano, che il piccone ancora non ha colpito. Le torri di Sant'Ambrogio hanno un carillon che ricama i quarti e le ore con sì dolci note! ma prima cantano quattro note chiare: due note sembrano, come un compasso musicale, scendere giù nel tempo, e le altre due risalgono; poi lente, tan, tan, tan, dilatano le ore a cerchi tondi, come corolle del pauroso fiore del tempo. Canta anche un gallo, giù dai vecchi orti, che dà all'anima la nostalgia di spazi agresti, dove la vita scorra senza acerbità. Strano il canto del gallo a Milano! E non appena tra il ricamo dei plàtani scuri rischiara il mattino, ecco dalla caserma di fronte il rullo del tamburo. È una caserma del tempo di Napoleone: mi richiama i bivacchi e le diane di quella epopea: ma perchè hanno sostituito il tamburo alle trombe ora che anche nelle scuole dobbiamo parlare di pace?

*

Abbiamo fatto il conto delle vecchie. Il mistero della vecchia diafana, che diventa due, è stato chiarito. Erano in fatti due che si assomigliavano. Ma ora sono.... una sola! Certo, perchè quella a piano terreno è morta. In grande silenzio è morta. Morta ella era silenziosamente, come silenziosamente era vissuta. Mi sovvenni in fatto di alcuni uomini e donnicciole che apparvero un giorno; e, frettolosi e sommessi, vuotarono le tre stanzette di ogni masserizia; accuratamente, interrogando le pareti e i pavimenti. Erano i congiunti di lei.

Questa era la diafana che aveva dato e promesso i confetti, se i bimbi non avessero fatto "bordell" e aveva detto "Bambin Gesù!". Dunque ora di diafane ce n'era rimasta una sola. Veniva poi quella che stava ad uscio ad uscio con noi, ed era fuggita al nostro arrivo come un topo sorpreso. Il biglietto di visita su la sua porta, portava un grazioso nome di rondinella: Emma T***, sarta.

76

Oimè, più nulla rimaneva; nè meno la sarta, giacchè, per la vista torbida, non poteva lavorare che con aghi di grossa cruna.

La signora Emma era anche discretamente deforme. Ma chi può negare che un mezzo secolo addietro non fosse stata anche lei così graziosa come il suo nome? Un mal di cuore la ha tutta enfiata; sono caduti i denti, sono nati i baffi: ma prima dei baffi, al tempo dei denti, chi vieta di imaginare che non dovesse essere gentile? Gaia doveva essere stata, certo, perchè gaia era ancora, e diceva: - Sto ben! Ma l'è l'artrìtide!

Essa si addomesticò con noi. Come venne la calda stagione, ci pregò di concederle di lasciare l'usciolo aperto in modo che si formasse un po' di corrente. L'asma la soffocava. Stava quindi sul pianerottolo, di fronte alla nostra porta, ad agucchiare presso un suo tavolinetto, ed adempiva all'ufficio di usciere, e così dava un po' di vita a quella solitudine di muri grigi ed afosi. Che ella fosse non ignara di filosofia, è provato da questa sentenza ricorrente: "Già, ridere o piangere, la sera viene lo stesso"; come la sua fiducia nell'avvenire resta documentata da questa opinione: "Io col mio mal di cuore camperò di più della signora Teresa, la mia amica, amica per modo di dire".

*

Chi era la signora Teresa?

La signora Teresa (sciora Teresin) è una proprietaria: anche lei abita sul nostro stesso pianerottolo. Non l'abbiamo contata perchè non l'abbiamo mai vista. Ai primi d'aprile essa va nella "sua campagna" a curare i suoi cavalieri (i bachi) nella "sua villa". Torna (salvo qualche rara apparizione) in città dopo San Carlo. "Non sarà una villa, sarà una casa sgangherata; ma intanto lei respira l'aria vera, vede i fiori veri, mangia la vera insalata con le uova fresche..." Così dice la signora Emma. Evidentemente nel suo pensiero (nata e vissuta sempre nella città), aria vera, insalata vera, è quella che si respira e si mangia in campagna. "Ma è già una bella fortuna poter vedere un po' di campagna da qui" - diceva, accennando al giardino, dove le piante traevano dalla terra profonda l'umore di antichi morti (era un cimitero, una volta).

"Perchè, signora Emma, la signora Teresa non l'invita, almeno in agosto, a fare un po' di campagna con lei?"

Mi guardò, come per dire: "O, inesperto del mondo!"; poi disse: "Perchè l'è egoista, e la nipote che ha con lei, l'è una stria (strega). La vœur andà in paradis, ma la ghe va no!".

La signora Emma ha assicurato che la signora Teresa è più brutta di lei: "E sporca, poi!". Queste affermazioni ci parvero esagerate; però quando vedemmo questa signora Teresa, reduce dalla villa, fu necessario convenire che la signora Emma non aveva torto: uno strùfolo di seta nera con sopra una cuffia che dondolava. Entrò come un'istrice. Un'allampanata giovane antica seguiva con le valige. Furono rinserrati i chiavistelli. "Paura che portino via i tesori!" La signora Emma assicura che se durante la nostra assenza, verranno i ladri al nostro uscio, darà l'avviso: ma se anche buttassero giù a spallate quello della signora Teresa, fingerà di dormire.

Ingratitudine umana! Risulta che quel poco di lavoro che agucchia, è tutta commissione della signora Teresa. Se avanza pane, minestra, gliela manda. Per Natale, l'invita. Anzi per quell'occasione, e trattandosi di rendere omaggio al divin Redentore, siamo stati invitati anche noi: non a pranzo; a vedere il presepio. Per mio conto ne sono rimasto soddisfatto. "Bello!" ho dovuto spiegare all'orecchio sordo della signora Teresa. Siccome lo stanzone era semibuio (un lumino ad olio, un focherellino a legna), così fra i semiscuri delle folte masserizie ben spiccava la capannetta, dove alcuni invisibili lumini facevano chiarita la immobile scena. Abituato oramai agli odiosi scintillamenti dell'Albero di Natale, quel culto latino al simbolo oramai sperduto della famiglia, era pur commovente.

Sarei rimasto più a lungo, se il senso dell'olfatto non mi avesse suggerito di andarmene. Tuttavia la signora Emma criticò: "Mancava Gasparre e Baldassarre, e l'asino è senza coda! Io che sono povera, ho il gas in casa, lei che potrebbe avere la luce elettrica, non tiene nemmeno il petrolio".

La signora Teresa è un pezzo grosso della parrocchia. Essa deve formare parte di quelle nere confraternite salmodianti che circondano in chiesa i feretri; che seguono arrembate il Sacramento per le vie. Spesso, nel gelido inverno, quando ancora il ricamo d'oro delle stelle non impallidiva, io le incontrai le vecchierelle che si avviavano al tempio. C'era anche Madalenin, Maddalena, l'altra diafana che abita di sopra. Le finestre del tempio lombardo, lucendo di lieve luce, le attraevano: la campanella diceva: "In fretta, in fretta!". Rotolava in fretta la signora Teresa: ma Madalenin, la spiritata, era più svelta. La avessi veduta sollevarsi dalla terra e penetrare nel tempio attraverso le bifore, non mi sarei meravigliato: "Son qua, son qua, Signor!".

*

Queste sono, a mia memoria, le vicende della strada in poco volger di ore: Avemaria; coppie di amanti che prediligono quella, rimasta quasi unica, fra le vie deserte e senza botteghe. Chi sono? Sartine che insegnano male lezioni agli scolari? Spose che preparano il peccato? Errabonde della notte? Di tutte un po'.

Mezzanotte: compagnie di ubriachi, che cantano sotto la caserma questo ritornello: "A fare il soldato è un brutto mestier, mangiar la pagnotta, dormire in quartier....". Alba: le bifore della chiesa si illuminano, la campanella ha un suono puro: ricorda gli azzurri marini, la stella mattutina. Si direbbe che un lavacro di purità è passato sopra la terra. È la diana delle vecchie: precede la diana del tamburo. Spesso le porte della chiesa si spalancano: sotto l'ombrello giallo oro avanza un prete in cotta e stola: un diacono precede e scuote un campanello; dietro, una schiera di vecchie nere ròtolano col loro passo un rapido ritmo dietro quel campanello. È il pane ai morenti. Qualche operaio, già alzato, guarda con occhio torbido quella processione di vecchie e di un simbolo, accorrenti in fretta paurosa. Simbolo e rito che gli fu insegnato dover disprezzare. Ma il mattino è gelido, la visione è tetra, fuggitiva: egli è solo. Ore sette: i garzoni dei fornai portano nelle gerle il pane caldo ai vivi. Ore otto: giovanetti e bimbe vanno a scuola: rosei volti, nutriti di buon sonno e di caffè e latte: "Pirro e gli elefanti; teorema di Pitagora; leggi agrarie dei Gracchi: un fidanzato tra gli scolaretti del ginnasio?". Vicenda delle ore!

*

Due volte tornò l'aprile: la signora Teresa tornò alla coltivazione dei bachi, e la signora Emma rimase a godere la primavera delle piante fiorite nel giardino. È già qualche cosa, tanto più se si pensa che in quel poco spazio verde si danno convegno molti merli. La cosa è spiegabile: le povere bestiole vedono l'oasi verde del giardino nel deserto di pietra della città sterminata. Qui vernano, qui cantano col far dell'aprile. Per chi ha mal di cuore è un bel conforto quella musica.

Anche a me è capitato troppo spesso, ahimè! di dover star sveglio a interpretare il canto dei merli: cominciano alle due, alle tre dopo mezzanotte, e il loro canto mi fa l'effetto di segreti avvisi: "Questa notte s'aprì il fiore dell'albicocco", "I cavalli dell'aurora sono di fiamma", "La stella Diana ha rinnovato in puro argento tutto il suo cocchio"; e altre notizie: una gran passione e un gran languore in quei getti di canto che, uditi dalla stanza buia, sembrano frecce di luce attraverso le tenebre, e sempre mi pare dicano un verso:

Amore, amore, amore, amore, amore,

poi il verso si ripiega su di sè con una melanconia che fa lagrimare.

La interpretazione della signora Emma riguarda invece la parte meteorologica. Se è nuvolo, se pioverà, se c'è sereno, lei lo indovina dalle parole dei merli: "Sono più sicuri del frate con la corda!".

La guardai a lungo mentre ella così mi spiegava: "Non si ricorda, signora Emma, - volevo domandarle, - quando lei faceva all'amore?". Ma Dio pietoso le ha tolto la memoria.

- Te'l là el merlo!

E mi additava con la mano deformata dall'artrite (oh, manine dei venti anni!) il merlo.

Il bestiolo nero, col becco giallo, passeggiava sicuro per un vialetto come un proprietario pel suo tenitorio.

Mistero della creazione! E quello stupido merlo che possiede quell'onda di poesia luminosa.

Ma un gatto nero balzò, e il merlo scomparve.

Mistero di Dio, anche più grande.

Ma la signora Emma mi avvertì che il gatto non li mangia i merli: si accontenta di succhiarne il sangue.

Accontentiamoci anche noi.

*

- Ho indovinato io! - disse la signora Emma.

- Che cosa?

- La signora Teresa è morta, ha lasciato tutto alla nipote, a quella «stria», a patto di far dire tante messe, e per venti anni. Dunque si vede che sapeva anche lei di dover stare in purgatorio almeno vent'anni.

Questa notizia non ha alleggerito il mal di cuore alla signora Emma, anzi in agosto, quando noi ci partimmo, mi parve che di aria nei polmoni ce ne entrasse poca.

*

«Vecchia carampana, signore, che numero fa?»

Io ero in grado di porgere l'etimologia storica di carampana, ma ignoravo il numero della cabala. Questa domanda mi rivolse, penetrando nello studio, la domestica, la quale però possiede una deplorevole abitudine: di consumare la mesata nel lotto; e la domenica noi ci risentiamo del suo umor nero quando torna dalla spesa e vede i suoi numeri non riuniti, ma sparsi fra Venezia e Palermo. Modestia a parte, io godo la reputazione di essere una persona di molti studi, e questa mia rinomanza è giunta sino alla mia domestica: ella perciò crede che io sappia anche i numeri corrispondenti ai sogni.

- Perchè mi domandate il numero di vecchia carampana?

- Perchè la signora Emma è morta, e stanotte l'ho sognata.

80

La sua fine - secondo le informazioni ricevute - fu lugubre. Morta la signora Teresa, che le dava qualche aiuto, aumentato il mal di cuore, fu ricoverata per forza in un ospizio. Scappò due volte e battè alla sua porta. Voleva essere libera. Venne ripresa e dichiarata pazza. O di pazzia per amore alla libertà o di mal di cuore, questo era certo che era morta.



Ma perchè non ricorderò Maddalena, la Madalenin, la spiritata, l'ultima delle vecchierelle rimaste? Essa era la più interessante di tutte. Madalenin era stata serva di un prete. Questo prete forse fu un uomo da bene; certo dovette essere stato il più pulito e ben servito sacerdote della diocesi, almeno a giudicare da Madalenin. Col secchiello di rame ella scendeva continuamente ad attingere l'acqua nel cortile: la gonna nera ripiegata, scopriva due larghissime immacolate mutande, dalle quali venivano fuori due stinchi, coperti di calze candide. Iniziai la mia amicizia offrendomi a trombare l'acqua e portare su il secchiello per le quattro scalette. Io non so perchè, ma invece di dirmi «Grazie, signore, ecc.», mi urlava:

- Pentiti, peccatore!

- Perchè, Madalenin, peccatore?

Ma era inutile domandare spiegazioni, la sua sordità era completa. Mi chiamava peccatore, e una volta che volli entrare nella sua camera verginale, mi urlò: Vade retro, Satana! Perchè? Dicono così i preti?

Madalenin non era gentile nè meno coi bimbi: quando li vedeva diceva «Barabìtt!».

Un giorno fu più benevola, perchè mi disse, quasi amorevolmente:

- Pentiti, peccatore! - E in quel giorno potei entrare nella sua camera e allora capii, capii anche senza bisogno dei suoi gesti e dei suoi urli. Ella era una delle sette vergini savie della parabola dell'Evangelo, con sempre la lampada accesa per andare incontro allo Sposo. Attorno al letto, sul comodino, su la parete, era tutto l'occorrente: una nave da battaglia così è pronta per la lotta suprema: gran cero, piccoli ceri, acqua lustrale, tutto.... e, sotto le frange del letto, la cassa da morto.

Quando il Signore griderà «Pronta!» risponderò «Pronta!» - e si contorse in su, urlando, aggrovigliandosi in un atteggiamento come il vostro, o Sibille marmoree del tempio di Sigismondo! Guardai anch'io in su il soffitto scialbo.

Lo Sposo venne, come era atteso, in silenzio, in mezzo alla notte. Madalenin giaceva composta sul letticciolo. Guardai in su: l'immobile soffitto scialbo era tal quale.

*

Mi vennero allora alla mente le sette vergini fatue e le sette vergini sagge quali le descrive D'Annunzio: pompose donne con capellature flave e di viola, lampade accese. Oh, poeta abbellitore della morte, no! Essa è così tal quale come Madalenin, lì stecchita.

Perchè peccatore, Madalenin?

Perchè dubito che Dio abbia tante schede in paradiso per elencarci? E non c'è ragione che la mia scheda valga presso Dio più di quella della povera Madalenin.

Perchè peccatore? Perchè non ho più in pregio il dono della vita?

Ma essa, Madalenin, era sorda totalmente.

*

E con la morte di Madalenin, la casa fu liberata dalle vecchie; e allora finalmente il proprietario mandò a chiamare l'imbianchino. Le vecchierelle se ne erano andate a suono di carillon.

## CIRILLINO E CIRILLINA.

Il signorino giunse da me alle nove del mattino, in pigiama, càndido, sàndali da spiàggia ai piedi, profumo di eliotròpio in testa.

Aggrottai le ciglia.

- E i libri? - domandai.

- Ah, già, i libri! - esclamò con l'aria della più soave innocenza.

- Ma il commendatore suo padre le avrà ben detto perchè doveva venire da me alle nove.

Pare caduto dal cielo degli angioli.

- Presto: vada a prèndere i libri di latino.

Tornò dopo mezz'ora. Era questione di cinque minuti: la sua villa è lì presso.

- S'accomodi e scriva.

Dettai: il bifolco e Mercurio. Essèndosi il carro di un bifolco affondato nel limo, il bifolco....

82

I suoi occhi si volsero con candore verso di me:

- Bifolco cosa vuol dire?

- Non sa cosa vuol dire bifolco?

- No.

- Venga qui. - E condotto che l'ebbi sul limitare, gli additai la campagna. - Vede là in fondo del campo quella piccola macchia che si muove? Quello è un bifolco che falcia.

- Un contadino.

Seguitai a dettare: il bifolco, col viso a terra, urlava supplicando: Mercurio, aiùtami! Ma Mercurio disse: O infingardo, prima aiùtati da te, premi su le ruote, sospingi il carro con ogni forza, sferza i cavalli, pèntiti della tua infingardaggine e allora ti aiuterò. Morale....

- Il nostro professore, - osservò Cirillino, - non metteva mai la morale.

- Ed io la metto, e non accetto interruzioni: Morale: Soltanto chi la sua vita conquista con la fatica di giorno in giorno, è degno della libertà e della vita.

Guardai il dettato:

- Lei ha pessima scrittura. Il suo professore non le ha mai detto che lei ha pessima scrittura?

- No.

- E poi manca tutta la punteggiatura.

- La metto dopo.

- Ah, la mette dopo?

Egli non avvertì affatto la mia ironia e rispose:

- Sì.

- Ora traduca in latino.

Il giovanetto tracciò il consueto Cum, e poi si fermò. Io lo guardava sospirare.

Levò un fazzolettino immacolato dalla tasca del pigiama, e cominciò ad asciugarsi il sudore. Dopo di che iniziò le ricerche nel dizionario. Lo sciagurato cercava Mercurio.

«Ho bell'e capito,» dissi fra me.

Ma, o non trovasse Mercurio, o fosse assalito da un dùbbio di coscienza, dopo un poco domandò timidamente:

- Va bene il dizionario del Georges?

- Va benissimo.

- Perchè è tedesco, - insinuò con intenzione.

- Adesso non stiamo a discutere se è tedesco: è un dizionario latino, e basta! Fàccia la sua versione, e non parli. (Ah, capisco! lui vorrebbe mandare il Georges nel campo di concentramento.)

Sfoglia e sospira.

*

Lo sappiamo perchè sospira. Noi sappiamo tutto! Lui non sa che io lo sàppia, ma io ben lo so. Quel visettino innocente di Cirillino, bocciato agli esami dalla seconda alla terza ginnasio, con l'aggravante di punti pèssimi in condotta, possiede già su la spiaggia del mare la sua Colombina, o Cirillina, che dir si voglia, una bimbetta di anni dieci; la quale si attèggia con sussiego a pìccola dea, in accappatoio, e un nastro rosso puntato su le chiome bionde. Io avevo veduto uno sciame di minùscoli omini (gambe nude, magliette multicolori), grondanti di salse acque marine, far scorribande e cerchi attorno all'immoto accappatoio col ruban rosso. Ma non sapevo perchè. La spiàggia è così punteggiata di bimbi ronzanti! Io non avevo osservato bene e scientificamente. Ma le signore e le signorine, che sono sole e scioperate su la spiàggia, perchè tutti i giovani sono oggi alla guerra, hanno osservato bene e scientificamente, e me lo han detto: «Quello sciame di bimbi, più veloce ed ardente in quel punto, che in altro punto della spiàggia, è formato da corteggiatori del ruban rosso su le chiome bionde, prolisse su l'accappatoio bianco. La bimba risponde al nome di Simonetta».

Allora ho osservato anch'io. Realmente è così. Il piccolo accappatoio con in cima il ruban rosso pare immoto come una statuetta bianca: ma così è solo in apparenza. Due pupille spòrgono come a ranòcchia e girano, e fanno girare la giostra dei fanciulli. Allora io vidi ciò che non vedevo. Ella appare come la bella antica Simonetta: rìdele attorno tutta la marina. Come satiretti, i bimbi le fanno scorribande. Oh, eterni ritorni della vita, mentre la mia vita corre alla sua fine!

Ma io faccio della filosofia. Le signore, invece, fan della cronaca, e me l'han raccontata. La piccola Simonetta ha già coniugato con parecchi il verbo amare della prima coniugazione regolare, ma infine ha gettato il suo ruban rosso al più sfacciato, al più scapestrato, al più bocciato di tutti: al mio Cirillino che ora è qui sotto le mie grinfe, e sospira.

84

Ma la cronaca va anche più oltre: le signore mi raccontano che Cirillino e Simonetta sono stati sorpresi dal babbo della bimba dietro una tenda, che si baciavano. «Orrore!» esclamò una signora che è di provincia. «Non c'è poi di che!» dice una signora che vien da Milano. Le signorine ascòltano, e non commèntano.

Ma la cronaca va più oltre: la cronaca narra che furono i proci respinti che congiuràrono insieme e svelàrono al padre di Simonetta il mistero dei precoci amori. E la cronaca prosegue e racconta che Cirillino allora picchiò ferocemente i delatori e li rimandò tutti sconfitti. Da quel giorno Simonetta intensificò il verbo amare verso Cirillino.

Questa è la cronaca delle signore. Non c'è di meglio? Ma tutti i giovani sono alla guerra.

Da allora vennero presi seri provvedimenti. Simonetta starà senza frutta, e il commendatore, padre di Cirillino, venne da me, ossequioso e gentile, e mi pregò di vedere un po' se potessi almeno esaminare se Cirillino suo era stato bocciato per colpa sua o del professore; e come si dovesse fare per far passar Cirillino.

Fu per questa specie di esame che Cirillino venne da me alle ore nove del bel mattino di luglio.

*

Guardo frattanto Cirillino: vi scopro una piccola ferita alla fronte, e alcune graffiature.

- Che cosa ha fatto lei qui?

- Mi son fatto male in mare.

- Ah, in mare! Lei, come Achille, combattè presso il mare.

Breve silenzio. Domando:

- Sa lei chi emerse dalle spume del mare?

Silenzio.

- Emerse Teti, qualcosa cioè di molto sìmile a Venere, - dissi io, - a consolare Achille. Lei non conosce queste cose?

- Il professore non ce le ha ancora spiegate.

- Non ammetto queste risposte. Prosègua nella sua versione.

Egli prosegue, suda, sfoglia il Georges.

Io guardo frattanto la campagna.

Sono oramai le undici.

Sotto la sferza del luglio si stende il campo dello strame. Il piccolo bifolco, di nome Biagino, nel campo scintillante al sole, si muove con la falce. Il piccolo bifolco è dal mattino che falcia. Le esili braccia muòvono la pesante falce paterna: il babbo non c'è: è alla guerra. Nel silènzio, un canto di cicala, e lo strìdere a ritmo delle stoppie faticose, recise ad ogni passar della falce.

*

- Finito, - dice Cirillino, sollevàndosi.

- Finito? Vediamo. Badi che lei ha impiegato un'ora e mezzo a tradurre una favoletta che al massimo domanda trenta minuti.

Afferro il lapis.

Le croci azzurre cadono su le pagine della versione latina. Cirillino pare quasi più meravigliato che dolente di vedere tante croci sul foglio.

Giudìzio: «Lei non sa niente, lei ignora la morfologia più elementare». Ma cosa ha studiato lei quest'anno?

- Ho studiato i verbi irregolari.

- Così che lei sa già bene i verbi regolari?

Tace.

- Proviamo. Ma sbàglia il regolarissimo verbo «amare» in modo indecente.

Fàccio un poco di solfèggio sui verbi irregolari, in modo ràpido, a sbalzi, con imperiose domande. Ma era inùtile.

Cirillino giaceva muto e lontano dalle mie domande.

Mi balbetta in tuono di rimpròvero (rimpròvero a me):

- Il professore in scuola non faceva mai così.

- Mi dica come faceva il suo professore.

- Parlava della guerra.

Mi balena un'idea. Mando a chiamare in segreto Biagino, il piccolo falciatore.

- Vado via? - domanda Cirillino.

- No, attenda.

Attende: ma io non parlavo parola.

Egli ha legato Georges, e mi domanda ancora:

- Vado via?

- Attenda.

Finalmente arriva Biagino: timido, scalzo, grondante di sudore.

Io mi rivolgo esclusivamente a lui e gli parlo con eloquenza così:

- Bravo, Biagino! Io ti ho osservato da questa mattina; e ti ho visto falciare. Il babbo tuo è alla guerra, e tu falci i campi per lui, tu maneggi con le gràcili bràccia di giovanetto la pesante falce paterna. Sei dunque forte, laborioso, costante. Bravo! Tu lavori e ti conquisti la vita nella tua giovinezza; e l'avvenire e la vita e la libertà dèvono essere di chi si conquista, giorno per giorno, la vita. Ma chi, cresciuto nei privilegi della ricchezza e degli agi, ignora i suoi più elementari doveri, mèrita di morire povero, scalzo, stracciato, servo, vilipeso. Bravo Biagino. E questo è per te!

Così dicendo, levai di tasca una bella moneta lucente da due lire e la donai a Biagino, pìccolo bifolco falciatore.

Questa fu la parte del mio discorso che Biagino mèglio capì. Arrossì di giòia, prese la moneta, fece uno sgambetto e se ne andò.

Ma Cirillino, che certo aveva letto le vite eroiche di Cornelio Nepote, avrebbe dovuto capir tutto. Lo guardai. I suoi occhi erano innocenti. O la sua mente non era capace ancora della associazione delle idee; o il professore non gli aveva ancora insegnato che la allegoria è una metàfora continuata; o da persona bene educata non aveva creduto conveniente prestare attenzione ai discorsi fra me e il piccolo falciatore. Quale si fosse la cagione, Cirillino non aveva capito niente.

Cirillino rivelava dal moto dei piedi un gran desidèrio di andàrsene.

- Quanto a lei, signorino, - dissi allora gravemente, - parlerò al commendatore, di lei padre. Lei ha bisogno di almeno quattro ore continuative di studio: dalle otto alle dodici, chiuso nella sua stanza; e non uscire! Ora vada.

Fuggì veloce come saetta dall'arco.

*

Ma poi, scendendo anch'io al mare, vidi Cirillino su la spiaggia, in costume da bagno, che a grandi ruote, correndo tra sabbia e mare, faceva la ronda attorno alla piccola Simonetta, col suo ruban su le chiome d'oro.

# LA LAMPADA SPENTA.

Come è rimasta deserta la casa della nonna poi che è partito Max!

Ci si sente la voce del silenzio.

Max non l'ha neppur salutata la nonna, e si capisce perchè. Era felice: partiva in vapore col papà e con la mamma, e aveva una scatola di cioccolata. Ma quando fu in treno e finì la cioccolata e si stancò di vedere dal finestrino gli alberi fuggire domandò: "Siamo arrivati?".

Max ha sei anni, e ignora le distanze.

La nonna è ritornata dalla stazione a casa con la bàlia e il fratellino di Max: una cosa ancora senza nome, che ondeggia candida sopra la spalla della bàlia.

Una vecchia casa di provincia, con architrave marmoreo dove è romanamente scolpito così: non ad iactantiam sed ad urbis decorem. I ciuffi dell'erba vetriola ombreggiano quella romanità. Le stanze sono maestose. Sopra le bussole delle porte vanno sbiadendo stemmi con vane leggende, oramai.

Il carretto di Max scorrazzava per quelle stanze.

Perchè «Max?». I genitori due anni fa lo portarono dalla gran città alla nonna con quel nome. Due anni fa la nonna tirava Max sul carretto per gli stanzoni. Anche quest'anno Max pretendeva che la nonna tirasse: ma la nonna non può.

- Perchè non mi tiri più, nonna?

Max ha sei anni, e ignora il tempo.

Ora il carrettino è lì abbandonato.

Vicino al carrettino giace inerte una barchetta vera, con la polena e due stelle comete. Odorava di pece e di resina. Con gran letìzia Max e compagni su la riva del mare la avean varata nella bella estate, e avean navigato con festose grida: «a Pola, a Trieste, a Fiume!» perchè essi conoscevano la geografia come il tempo, e come la distanza.

*

Ma la giovane bàlia in quel silenzio dell'antica casa si annoia. Deve svezzare il piccino dal latte, e perciò più che può sta lontana.

Sta nella scura cucina, e sopra l'acquaio estrae dal busto la mammella. Preme con le scure dita l'una e l'altra mammella, e mira con indolenza che pare lascivia, il latte scorrere sul viscido acquaio.

La nonna un po' sorregge il bimbo nei primi passi per le grandi stanze. Ogni tanto il bimbo getta qualche grido gaio. Ma il silenzio dagli angoli lo rimprovera.

Ma il più del tempo la nonna tiene il bimbo davanti a sè, sopra un trapuntino, sopra il tavolo da lavoro.

Gli occhi della nonna guardano negli occhi del bimbo: quegli occhi liquidi mobili tondi dei bimbi, che girano attorno nello stupore della interrogazione, e pare che sappiano tutto.

Dietro i vetri chi è? Un passero che ha freddo. Dietro ai muri chi è? Il bimbo pare risovvenirsi: gonfia le gote. «Uf uf!» «Sì, il treno. Il babbo, la mamma, Max che sono lontani». E più lontano ancora chi è? Quelli che vivono in enigma.

La nonna ha insegnato al bimbo a piegare la manina e fare «addio». Fa vorticosamente «addio». Sorride. «Addio, addio, addio a quelli che sono lontani, e vivono in enigma.»

«E quello chi è?»

Sul comò, allo scendere della sera, una lampada ad olio svolge le carezze della pura luce entro le linee di una testa piegata, coronata di spine. È un gran Cristo spirante, chiuso entro una teca.

La balia, che non ha fatto scuole, non vuole entrare nella stanza della nonna dove c'è quella testa spirante. Ha paura. La nuora, che ha fatto molte scuole, non poteva vedere quel Cristo spirante. «I vivi, - ella diceva, - vogliono camminare, oggi, senza la compagnia dei morti. E l'olio, - aggiungeva, - si dà ai mobili e non alle lampade.»

Ma il bimbo non ha paura. Sorride. Fa con la manina «Addio, addio, addio!» a Colui che è effigiato or come infante, or come uomo trafitto e coronato di spine.

E ogni sera che il bimbo si addormenta, la nonna gli canta una vecchia nènia in cui risuona la voce di quaranta anni fa, quando così, similmente, addormentava nella cuna il figlio suo. Et libera nos a malo! Tutti gli angioli e i cherubini con le teste bionde e con le spade sono attorno alla cuna. O vane spade, o dolci fantasmi biondi del cielo! Grosse lagrime scendono giù per il volto del Cristo spirante.

*

Quando venne il novembre, il babbo è venuto a riprendere il bimbo.

Nella solitudine della notte, la nonna udì il sibilo del diretto.

Allora ella si levò piano: la vecchia fantesca dormiva; il bimbo dormiva; la balia sonnacchiava con le mammelle bagnate.

La mamma preparò al figlio il caffè. Stava in ascolto: sentì il passo di lui frettoloso nella via. Andò ella stessa ad aprire. «Il bimbo sta bene,» «Max, bene; andrà alla scuola dell'abicì; la nuora pure sta bene.»

La mamma versò al figlio il caffè così come quando, tanti anni fa, lui tornava al mattino dall'Università, dalla scuola del grande abicì. Allora aveva i capelli biondi: ora qualche filo bianco. Ma è ancora la vecchia tazza del caffè sul vecchio comò, e la mano che gli porge la tazza è ancora la stessa mano: ma un po' più tremante.

La campanella lontana cantò ancor mattutino, e l'alba si svegliava nel cielo.

La mamma domandò al figlio se si sarebbe fermato tutta la settimana.

Oh, povera mamma, fuori del mondo! E gli affari? Appena sino alla sera si sarebbe fermato.

Poi quando il bimbo fu desto e lavato, la nonna lo vestiva: le calzine bianche, la camicina di bucato: le scarpine nuove, le prime scarpine.

- Cinque lire. E le suole sono cartone schietto!

- Si vede che anche in provincia i calzolai hanno progredito.

- La balia vuole il baliatico da mandare a casa; più un mese per il primo dentino.

- La balia è una perfetta contabile.

- Le volevo regalare due mie camicie di tela fine. Non le ha mica volute! Sono all'antica, - dice, - ancora coi bottoni. Eppoi non sono nuove....

- Conosce i suoi diritti.

- Poi hanno mandato questa carta delle tasse della casa. Mi pare che abbiano aumentato....

- Vuoi, cara, che diminuiscano?

- La casa avrebbe bisogno di qualche riparazione.

- Credo, mamma, che se cadesse, sarebbe un'economia.

- C'è anche il conto della rilegatura di quegli orecchini di tua moglie.

Poi quando il bimbo fu vestito, la nonna gli cantava la preghiera. Il figlio fumava.

- Panem nostrum quotidianum da nobis hodie, - diceva la madre.

- E poi? - diceva il figlio. - Che se ne fa del pane oggi la gente? Mi guardi, mamma? È una bella preghiera, ma ha fatto il suo tempo. Andava bene al tempo di Cristo quando non usava il shampooing, non usava la lima per far le unghie aguzze. Ed dimitte nobis debita nostra! Va alla banca a pagare un effetto col dimitte nobis....

Il bimbo rideva.

- Vedi, mamma, che ride anche lui? Non te ne avere a male, mamma. Oggi tutta la morale è ridotta ad una semplicità elementare. Occorre tanto pel bilancio. Come? Non so. Come si può. Occorre tanto.

- Non è bello quello che tu dici, figlio!

- Te la prendi con me? che c'entro io? È il bilancio! Il numero delle voci del bilancio è spaventoso. Metti poi due figli nel bilancio, un terzo in viaggio; e poi invece di prendertela con me, dirai che io sono più che bello, eroico!

*

Sono partiti alla sera. La nonna li ha accompagnati alla stazione.

Nell'attesa del treno, il bimbo si è addormentato su la spalla della nutrice.

- Non lo svegliare, - disse la madre al figlio. - Quando si sveglierà, non si ricorderà più. Sta attento alle arie del finestrino. Nella valigia grande vi sono i savoiardi, c'è la bottiglietta del brodo. Tutti i calzettini di Max sono stati accomodati.

E altro non aveva da dire.

Che cosa altro dire?

Quando i figli si allontanano senza gli Iddii, noi non abbiamo più niente da dire ai figli.

Il treno arrivò.

Voi non tremate quando il nero treno arriva? Buon segno! Ciò vuol dire che quelli che sono partiti, sono anche tornati.

Le ruote insensibilmente si mossero e dallo sportello la mano del figlio si staccò dalla mano della madre.

- State in pace, - ella disse.

E il treno sparì nella notte.

*

Ed ella ritornò alla sua casa sola, e finchè la sua mano era viva, versò l'olio nella lampada.

Bellaria, estate 1917.

Liked This Book?

For More FREE e-Books visit Freeditorial.com